무
채
색
이
야
기

무채색 이야기

ⓒ 김성국, 2022

초판 1쇄 발행 2022년 6월 10일

지은이   김성국
펴낸이   이기봉
편집   좋은땅 편집팀
펴낸곳   도서출판 좋은땅
주소   서울특별시 마포구 양화로12길 26 지월드빌딩 (서교동 395-7)
전화   02)374-8616~7
팩스   02)374-8614
이메일   gworldbook@naver.com
홈페이지   www.g-world.co.kr

ISBN   979-11-388-1006-7 (03810)

무채색 이야기

김성국 지음

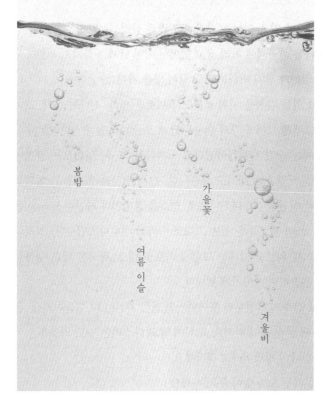

봄밤

가을꽃

여름이슬

겨울비

좋은땅

　　누구에게나 있을 외로움, 우울하고 슬픈 감정. 그 감정은 크기와 상
관없이 마음 한구석에 자리 잡고 있어서 어떤 날에는 갑자기 외로움이
물밀 듯 밀려와 잠겨 버리는 그런 날이 있을 거예요.

　　슬프고 힘든 감정을 지워 보려고 흥미로운 영화, 신나는 음악, 코미
디 프로그램을 보며 순간의 감정을 달래 조금 나아질 수 있지만, 저 같
은 경우에는 순간은 괜찮아졌다고 느끼다가 그 후, 밀려오는 감정에
더 우울한 시간을 보내기도 했습니다. 그래서 차라리 외롭고 힘들고
우울할 때 천천히 걷는다거나 슬픈 영화를 본다거나 잔잔한 노래를 듣
고, 글을 쓰며 외로움을 있는 그대로 받아들이며 다스립니다. 그러다
보면 어느새 외로운 날에는 그렇게 외로운 대로, 행복한 날은 행복한
대로 잘 흔들리며 살아가게 됩니다.

　　남에게 감추려고 일부러 웃어넘기면 괜히 자신만 더 힘들어져요. 울
고 싶을 땐 실컷 울어 버려요. 피하지 말고 다스리는 것도 외로움을 이
겨 내는 하나의 방법이라고 생각해요.

　　감정을 너무 오래 쌓아 두지 마세요.

　　슬픔은 나누면 반이 된다고 하잖아요.

～～～～～～～～～～～～～～～～～～～

　이 책이 감히 누군가의 외롭고 우울한 감정에 공감되고 위로가 되어
줄 수 있으면 하는 바람입니다.

　발이 없는 무채색 이야기는 형태가 없어서 사람들을 타고 다니며 그
모습을 자유자재로 바꿉니다. 누군가에겐 괴물 같은 위협을, 누군가에
겐 달콤한 유혹을, 누군가에겐 이불 같은 포근함을, 누군가에겐 끝없는
밤을 선물합니다. 오늘도 이 이야기들은 사람을 타고 다닙니다. 어디서
들었는데 하며. 그렇게 무채색 이야기는 시작됩니다.

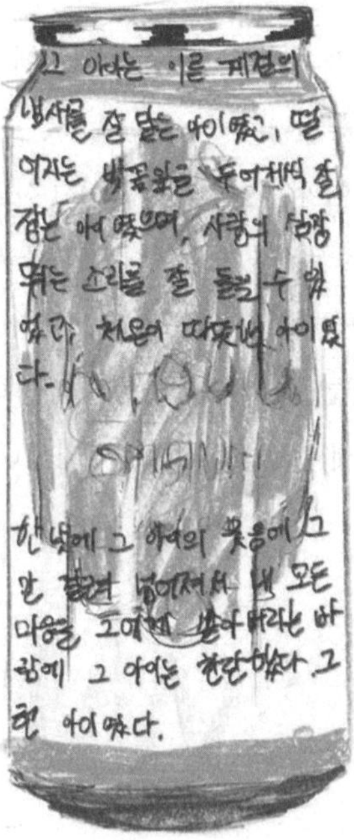

이야기 순서

1.

봄
밤

봄밤

추운 바람이 불던 날 같이 걸어가던 때
흘리듯 말한 한마디에 짐짓 아무것도 아닌 척했지만
못내 설레었습니다.

알지 못한 시간 동안 혼자 그리워했다는 것에
놀라서 멍하였다가 이내 정신이 들었습니다.

벌써 날이 변했습니다.
이젠 여긴 바람이 살랑입니다.
차마 직접 전하지 못해 이렇게 조용히 적어 봅니다.

마음의 긴 고뇌가 살랑이는 바람에 흩어졌습니다.
이리 무용한 저라도 괜찮다면
한 번 더 불어와 같이 살랑이고 싶은 봄밤이네요.

무채색

그 아이는 이른 계절의 냄새를 잘 맡는 아이였고,
떨어지는 벚꽃잎을 두어 개씩 잘 잡는 아이였으며,
사람의 심장 뛰는 소리를 잘 들을 수 있었고,
체온이 따뜻한 아이였다.
한낮에 그 아이의 웃음에 그만 걸려 넘어져서
내 모든 마음을 그에게 쏟아 버리는 바람에
그 아이는 찬란했다. 그런 아이였다.

봄날

앞으로 항상 좋은 일만 가득할 순 없겠지만,
그래도 항상 좋은 일만 가득하기를 바라며.

만개한 꽃들과 찾아온 봄이 작별 인사를 채 하기도 전에
매미 우는 소리가 들리는 것만 같은
무더운 날씨를 들고 벌써 찾아와서 미안하다며
그래도, 지난해보다 올해 더 보고 싶어서 일찍 왔다면서
씨익 웃으면서 아이스크림을 가지고 멀리서 손을 흔드는
그런 친근한 여름의 모습이 그려지는

햇볕이 참 따스했던, 5월의 어느 봄날에.

일상

다만 느릴 뿐이었다.
부지런하다는 말보다 꾸역꾸역 움직인다는 말이 어울릴 정도로.
나는 해야 할 일들을 아주 많이 알고 있다.
그 일들이 아무것도 끝나지 않은 채로 시간은 흘러가고
나는 점점 무거워지기만 했다.

세월의 무게가 움직임을 짓누르고
생각을 붙잡고 늘어졌다.
그렇지만 나는 끝내야 하는 일들을 아주 많이 갖고 있다.
꾸준하게 움직이고 있을 때면
어디선가 목소리 같은 게 귓가에 속삭여 댔다.

지겨워.

쉼표

선을 긋는 대신 점을 찍었다.
그마저도 온전한 동그라미 대신
톡 튀어나온 귀여운 점을 그렸다.
여지를 남겨 주는 것이다.
분명하게 끊어 내면서도
마치 그 뒤가 이어질 것처럼,

노을

쓸쓸하다는 감정을 건드리지 않으려고 무던히도 애썼던 것 같다. 노을을 마주하고 걸으며 내일은 행복해야지, 내일은 행복해야지. 어르듯 혼잣말하면 할수록 이상하게도 그것이 그토록 무용한 말이라는 것이 한층 더 실감 나게 느껴지곤 했다.

아무리 여행하러 온 듯 마음을 다르게 먹고 걸어도 아무리 누군가 함께 있는 것처럼 중얼거려도 아무리 이 길이 내내 곧아도 걷다, 걷다 보면 이 길이 점점 좁아져 몰락할 것만 같아.

나는 그림자도 없는 한 점의 자취가 되려나.

꿈꾸듯 가물거리는 시야에 내일은 없을 것 같다고 잠을 죽음으로 풀이하는 책을 읽고 잠들면 내일 아침도 부활처럼 영광스러우려나. 어떤 바보 같은 생각도 철학이 되지 못한 사이 서서히 줄어드는 이 거리의 저녁, 직시할 것이 없어도 눈을 부릅뜨곤 했다.

아무리 힘차게 걸어도 바닥에는 잔금 하나 가지 않는다.

명암

오히려 선명한 것들이 나를 피곤하게 할 때가 있다.
색감, 선, 목적, 관계, 어감, 기분 등등.
가끔은 흐리게 사는 게 담백하다.
머리를 비우고,
흐리게, 희미하게.
그러다 점점 엷어져 결국 자국만 남기고
원래의 모습을 알아볼 수 없을 때까지.
그때 나는 마치
피곤한 몸을 이끌고
끝내 침대에 누운 것과 같은 기분이 든다.

오해

처음엔 오해가 관계의 틈을 만들었다고 생각했다.
그리고 오해를 풀면 나아질 거라고, 생각했고
그다음엔 시간이 지나면 얼어 버린 어떤 것도
녹아 사라질 거라로 생각했다.

틀리지도 맞지도 않았다.
오해는 풀렸지만 미적지근한 어떤 것이
서로를 함부로 대하지는 못하면서 섣불리 건드리지도 못하는
그렇다고 나아갈 마음조차 없는 건 아닌 애매한 것으로 남아
서로에게 적당한 호의가 가능케 했다.

원망은 가라앉았지만 당장 내일의 일조차도 알지 못했다.
그러므로 더 긴장으로 하루를 보내야 했다.
온갖 신경에 귀 기울여 너의 신호를 찾거나 읽어야 했고,
내가 해 온 표식이 네게 잘 읽혔을지,
잘 도달했는지에 대해 걱정하고 고민해야 했다.

그러니 문제였다.

분명 답이랍시고 가지고 있던 마음들이 앙금처럼 남아 떠도는데

대답할 질문이 없었다.
묻지 않는 너에게 구구절절 설명하는 친밀함은 멀어져 가고만 있었다.
그런 나의 존재 자체가 너를 스쳐 나에게는 의문이 되었다.

내가 너에게 어떤 존재인가.
오해를 풀고 풀어도 증명할 방법이 없었다.
분하고 억울했지만 내가 네게 어떤 존재인지 설명할 도리가 없었다.
네 답은 어렴풋이 알 뿐.
네가 모르는 나의 존재에 대해 무어라 말할 것이 없었다.

오히려 그다음에는, 그다음에는 하고
말도 안 되는 것들을 자문해 왔다.
너도, 나도 어떤 것도 아니었다.

이쯤 되니 운명인가.
이게 너와 나의 궤도인가 하는 생각도 들었다.
네 번의 생 중 나는 네게 두 번째 생이기를 바랐다.
처음보다 익숙함과 소중함의 당연함, 세 번째 생의 기대와 바람.
딱 그것이길 바랐다.

그러나 누군가 정해둔 나의 생은

너를 마지막으로 만날 네 번째 생인 듯싶었다.
이토록 홀로 남아 네 뒷모습만 보게 되는 걸 보니.
마주 보는 타이밍은 죄다 어긋나
어떤 관계로도 같은 방향인 적 없는 걸 보니.

오해가 아니었나 하는 생각이 마지막으로 들 것이다.
그때는 누구의 탓도 아닌 것 같다는 네 번째 생각 덕에
단 한 명의 탓을 하려 들 것이다.
나의 탓.

그러니 문제다.
오해는 풀어도 사이는 녹지 않고 관계는 녹록치 못하다.
포기는 절대 할 수 없는 너인데.

거리는 어쩐지 안개 낀 것처럼 아스라이 멀다.

보이나 잡히지 않고, 들리나 대답할 수 없다.

안경

끼고 있던 안경에 뿌옇게 김이 서렸다.
기어코 터진 눈물에 안경을 벗고
거칠게 눈가를 비비며 눈물을 닦았지만
눈두덩이만 빨갛게 부어오르고
야속하게도 흐르는 눈물은 멈출 생각을 하지 않았다.
놀리기라도 하는지

눈물은 그대로 안경 렌즈에 떨어져
우는 흉내를 냈다.

내놓은 마음

다른 사람의 마음에 너무도 자주 휩쓸렸다.
내 세상은 그의 슬픔과 외로움에도 이따금 균열이 가곤 했다.
결코 나의 것이 되지 못할 것들이었으나,
휩쓸리는 것들에겐 일말의 힘도 없어
나는 그 틈새가 없는 듯 굴었다.
그래서 밀려가고 쓸려 감을 반복하던 내 마음은
꽤 자주 헐었고,
아물기까지는 항상 오랜 시간이 걸렸다.
그런 내가 미웠고, 다만 사람이 좋았다.
결국 내 마음을 내놓는 행위였다.

황혼

나는 황혼의 목소리에 벅차올라 잠시 걷던 길을 멈추고
노을빛에 기대었다. 그런 날이 있었다.
현실에 착실히 안주해 큰 부족함 없이 살아가다가
가끔은 고단한 척하며 어리광을 부리고 싶은 철없는 저녁이 있었다.
칭얼거리고 있다는 핑계 속에서 진심을 다 드러내도
좋은 시간이 있었다.

해 뜨기 직전의 새벽이 가장 어둡다고 했다.
그렇다면 가장 아름다운 것은 어둠 속으로 사라지기
직전의 황혼이 아닐지. 그 아름다움에 목이 막혀
나는 결국 속마음을 죄다 토해 버리는 것일지도.

날개

언젠가 당신이 건넨 말이 있다. 그 말을 두 손에 받았을 때
그것은 넘쳐서 바닥에 흘러내렸다.
그것까지 모을 수가 없어서 당신의 눈물만 받아 내었다.
얼마나 그 우울 속에 빠져 있었을까.
당신은 그 말을 뱉어 내고선
자유를 찾은 새처럼 내 곁에서 다시 날아갔다.

당신을 부럽게 쳐다보는 나는 날개가 있어도 날 수 없는 새였다.
작은 부리로 이 말을 건네게 된다면 당신도 나를 버텨 내 줄까.
언젠가 당신에게 하고 싶은 말이 있다.
마주할 당신의 표정과 대답이 무섭지만,
하고 싶은 말이 있다.
그땐 나도 희미하게나 날아 볼 수 있을까.

엇갈림

모든 관계의 엇갈림은 언제나 쌍방과실이다.

누가 먼저 도망가기 시작했는지는 크게 중요하지 않다.

누군가가 내게서 거리를 두고자 했다는 것은

내가 믿음을 주지 못했기 때문이고,

내가 믿음을 주지 못한 이유는

그 사람 또한 한결같지 못했기 때문이다.

빼기

우리가 외롭다 느끼는 건
친한 것 같지만
친하지 않은 사람들에게 싸여
친하지 않아서 오는 공허함을 느껴서일지도 모른다.

그래서 끊임없이 상처를 주고받는다.

친하니까 이 정도는 이해해 줄 줄 알았는데,
저만큼 멀어져 버리기도 하고
친하니까 이 정도는 다가가도 될 줄 알았는데,
부담스러워 밀어 버리기도 한다.

친하니까 받아야 하는 부적절한 상처도
친하니까 감내해야 하는 이유 모를 희생도
사실 친하지 않기 때문에 아픈 것이 아닐까.

사실 우리는 별로 친하지 않다.
가족이면서 서로의 고민거리를 모르고 살고

친구이지만 만나야 할 필요가 다하면
뭐 하고 사는지 궁금해하지도 않는다.

친하지 않은데 친한 것처럼 곁에 있는 사람들 때문에
외로운 걸 인정 못 하는 건지도 모른다.

내가 더 아름다워지려면
내가 더 가벼워지려면
살을 뺄 것이 아니라
무의미한 관계를 빼야 한다.

그러면 내가 남고 내가 보이겠지.

미련

찬란함이 지나간 자리에는 초라함이 남고
사랑이 지나간 자리에는 외로움이 남는다.

다들 지나간 자리를 뒤로 하고
미련 없이 떠나는데
왜 나는 지나간 자리에 남아서
엎질러진 물만 바라보고 있는지.

왜 떠오르는 태양엔 일말의 관심도 가지 않는지.

글

나는 앉은자리에서 여행을 떠났다. 몇 시간 만에 가슴 절절한 사랑도 해 보았다. 밤새 훌쩍거리며 울었고, 너무 기뻐 뜬눈으로 밤을 지새우기도 했다. 책을 읽었고, 노래 가사를 외우고, 편지를 쓰고, 시도 읊었다. 읽은 글들을 빨리 잊고 다시 읽고 싶었다. 좋아하는 글귀는 처음처럼 다시 보고 싶었다.

그런 날도 있었다. 이제 나는 멀리 떠나도 두근거리지 않고, 사람을 만나 감정을 나누는 게 부담스럽기도 하고, 피곤하지만 잠이 오지 않는 밤들이 계속되고, 구석에 쌓아 놓은 책들, 의무처럼 틀어 놓는 음악, 짧게 주고받다 더 할 말이 없어지는 문자가 함께한다. 강박적으로 일상을 확인하다 혹시나 무엇인가가 기억이 나지 않을 때는 스트레스로 눈앞이 깜깜하다. 과거에 어떻게 했더라? 나는 생각만 한다.

나이 든다는 게 어떤 걸까, 내가 좋아했던 그때 그 아름답던 글들이 나를 떠난 걸까, 아니면 내가 그 글들을 떠난 걸까?

시간

초침이 아무리 달려도 분침은 걷는다.
분침이 아무리 빠르게 걸어도 시침은 기어간다.
시침이 천천히 기어가도 시간은 날아간다.

흔적

너는 평생 나에게
나와 남, 그 사이 어디쯤을 여행할 거야.
우리 사이에 영겁의 시간이 쌓이어도
달과 지구를 네 번 오갈 거리에 놓이어도
너는 변함없이 나의 너일 거야.
세상 모두가 파도처럼 내게로 밀려들고
또 한순간 산산이 부서져 흩어진대도

너는 내게 가장 가까운 남이고
가장 먼 나일 거야.

세월이 흘러 머리칼이 바래도
차마 바래지 못한 찰나의 풍경일 거야.
나의 너는.

이유

생각해 보면 그럴 만한 게,

어쩌다 한 번 미소 짓는 얼굴이 눈부시게 아름다웠다는 거,

아무 생각 없이 건네주는 말들마저 상냥했다는 거,

같은 공간에 있다는 사실만으로도

봄날 날씨처럼 포근함을 느낄 수 있었다는 거,

내가 당신을 가까이하고 싶은 이 모든 이유에도 불구하고

당신은 나의 존재마저 모르는 채 동떨어져 있다는 것이,

가져 본 적도 없는 무언가를 원망하게 만드는 이유가 될 수밖에.

회복

세상은 왜 이렇게 잘 굴러가는 걸까요?
나만 구부정하게 나아가지도,
뒤로 돌아가지도 못하고 있는 것 같습니다.

많은 이들이 손을 뻗어 주지만,
그것은 온전히 나를 지탱하지 못합니다.
진심이 아니기도 하고 뿌리가 아니기도 하니까요.
그때의 악몽이 다시 찾아오고 있습니다.
금방이라도 그때처럼 무너져 내려,
다시는 일어나지 못할까 무섭습니다.
여전히 나는 세상의 속도를 맞출 수 없네요.
슬픈 것보다도,

아무렇지 않은 이들 사이에서 아무렇지 않을 자신이 없습니다.

소중함

"난 노을이 더 좋아."

달을 사랑한다고 하던 나에게,
보름달이 비춰 주던 길가에서 네가 나에게 하던 말.
항상 한낮은 뒷전이었던 난데, 노을을 기다리다 보니까
새파란 한낮도 좋아지게 되더라.
난 달만 쳐다봤으면서,
그 달이 빛나기 시작한 때도 바라보지 않고 있었더라.
하늘의 소중함을 되찾게 해 준 너를 내가 어떻게
좋아하지 않을 수가 있을까.

새벽에 이토록 간질간질한 건 나만이 아니었으면 좋겠다.
무언가를 들으면 네가 좋아하는 스타일이네,
하고 생각하게 된 것도 나만이 아니었으면 좋겠다.
미래를 어느새 너와 함께 그리고 있는 걸 알아채 버려서,
이제 너에게 달려가지 않으면 못 참을 것 같아.

사랑

아직도 생각나는 게 있어.

감자전 바삭한 가장자리가 좋다고 했을 때,
망설임 없이 감자전 가장자리를 동그랗게 오려 내어
접시에 올려 네 앞으로 내밀었던 일.

그런 게 사랑이 아니었을까.

어디 가서 말할 데는 없지만
그래도 가끔 생각나서 혼자 웃곤 해.

당연한 것

원래부터 있었다는 말은 옳지 않다.
곁에 있다고, 혹은 많이 있다고
그것이 당신의 두 손으로 떨어지지는 않는 것이다.
그건 아마 행복도 마찬가지다.
누구나 다 가진 듯하지만, 실상은 물밑에서 치열한 작업 끝에
저마다의 작은 행복을 쟁취한다.
물론 당연하게도,
한 번 얻었다고 해서 영원히 당신의 것이 되지도 않는다.
얻었으면 잃지 않기 위한 노력도 마땅히 해야 한다.

인내

곰탕이 싱거워서 소금을 넣었다.
한 숟갈 뜨고 또 싱거워 소금을 또 넣었다.
두 번 넣어도 싱거워 소금을 더 넣었다.

탕은 식으며 점점 짜졌고,
나는 지금을 참지 못하는 내가 싫어졌다.

성격

아주 운이 좋았더라면 삶의 굴곡 자체가 없었겠지만 아마도 그런 사람은 없겠지. 어쨌든 살아감에 따라, 돌이킬 수 없는 순간들 정도는 얻는다. 다만 조금 슬픈 것은 그 순간마다 나의 성격을 탓하게 된다는 것. 잘못한 것은 내가 아닌데 결국 모든 화살은 내게 돌아간다. 물론 아니라는 것 정도는 알고 있으나 감정은 그렇게 나를 상처 입힌다. 사실 생각해 보면 삶은 항상 그렇게 흘러왔었다. 다만 내가 그것을 부정해 왔을 뿐이며, 이제야 겨우 그 상처와 마주했다.

나는 내가 받고 싶었던 것들을 타인에게 주었다. 하지만 그래서 내게, 그것들이 돌아왔는가? 타인을 모두 공평히, 친절하고 상냥히 배려했다고 해서 준 만큼 돌아온다고 생각하진 않았다. 다만 그렇게 하지 않았던 이는 나보다도 훨씬 쉽게 본인을 그렇게 대해 주는 사람을 얻는다는 것은 내게 충격이었다. 내가 사람에 대한 기대치를 너무 높게 잡았다는 것을 인정하며, 앞으로 타인에게 다른 성격의 나를 시도해 봐야겠다.
패배자에게도 자유는 주어지니까.

어느 주말 정오

평소와 다름없이 아침 햇살에 눈이 떠졌다. 잠시 핸드폰을 만지작거리다가 다시 잠자리에 들었다. 두 시간쯤 자고 일어나 다시 핸드폰을 만지고 있는데, 지인이 찾아왔다.

오자마자 배고프다며 밥을 맡겨 놓은 것처럼 행세한다. 투정에 어이가 없지만 웃음 짓는 모습을 보니 나도 따라 웃음이 나오고 분주하게 식사를 준비한다. 그 사이에 분명 책을 읽겠다고 했는데, 잠자리에 들어 버린 모양이다. 편히 자는 모습에 책은 어떤 이에게 숙면의 효과를 주는 것으로 생각하며 마저 요리를 이어갔다.

오늘 점심 메뉴는 볶음밥과 하얀 짬뽕이다. 어느새 잠에서 깨 배고프다며 잔소리한다. 뻔뻔함을 무시하고 완성된 요리를 정갈하게 그릇에 옮겨 담아 작은 식탁 위로 올렸다.

사실 훌륭한 맛이 아니었지만 연신 감탄하며 먹는 모습에 만족스러웠다. 맛있는 밥에 모처럼 과식했다. 부른 배를 중력의 법칙에 따라 눕히기로 했다.

햇살 가득한 바닥에 누워 그가 틀어 놓은 잔잔한 음악 소리를 들었다. 너무 크지도 작지도 않게 들려오는 음악이 살랑인다. 햇살 따라, 음악 따라, 넘어가는 책장 따라, 우리가 내쉬는 숨결 따라 시간이 흐른다. 따사롭고 평화로웠던 어느 주말 정오 이야기.

모서리

세상이 둥글게 움직이는데
나는 대체 어디 있는 모서리에서
방황하는 걸까.
밤새 고민에 빠져 잠수할 때,

동그란 머리에 박혀 있는 네모난 생각이 아팠다.

반복

아무리 늦은 아침에 눈을 떠도 오래 잔 것 같은 기분이 들지 않는다. 나는 애써 오래도록 잠을 자 보려 하지만, 아무래도 자는 것에 즐거움을 느끼기가 힘든 터라 결국 정신이 흐린 채로 몇 시간 동안 눈을 뜨고 잔다.

수면을 단순한 취미처럼 즐길 수 있다면 얼마나 좋을까. 좋아하는 사람은 즐겁게 잠을 자고, 취향이 맞지 않으면 굳이 잘 필요가 없도록. 종종 꾸는 꿈들은 기분 나쁘기만 하고, 겨우 맞이하는 아침은 축 처져 바닥부터 시작하게 되니 내게 수면은 살기 위해 먹는 약처럼 밤에 천천히 음미하는 쓰디쓴 약일 때가 있다.

자고 싶지 않으니 깨어 있어야 하고, 깨어 있지 않기 위해 잠을 자야 하니,
어쩌다 잠들고 싶지 않은 밤을 기다리는 하루가 생긴다.

서운함

그냥 하는 말이 아니었다.
오랜 시간 나에 대한 마음이 켜켜이 쌓였다는 방증이었다.
처음 들었을 땐 치부가 드러나는 듯한 마음에
얼굴을 붉히고 그저 수습하기에 바빴다.
그러나 시간이 조금 흐른 후 곱씹어 보니,

사랑하는 마음의 깊이가 서로 달랐기에 일어나는 일이었다.
당신이 더 깊은 마음을 가지고 있음을 그때 알았더라면 서운해서
미안했다고, 그만큼 깊은 마음을 지니고 있지 않았다고, 솔직하게
이야기를 했을 거다.

어쩌면 작은 어긋남을 통해 성장하게 되는 건가 보다.
그때 알았더라면,
더 좋을 것들을 지나고 알아 버려
그만큼의 깊이로 성장하게 되는 걸까.

여행

목적을 가지든 혹 정처 없이 떠돌게 되든
일상의 시간을 탈피하고 떠나는 것에서부터
시작되는 단 하나의 여정.
그리고 그 여정에 발 딛게 되는 모든 곳.

그곳에서 자신을 바라보고
객관화하게 되는 그런 곳.

만약 무한한 삶 중에 일부의 시간만이
유한하게 주어진 인간의 삶이라면
그 삶을 그 삶에 발 딛게 되는 현재를 여행처럼
살아가는 것이 맞을지도 모르겠다.

포용

아이들을 지켜보면 저마다 표현 방법이 조금씩 다른 것일 뿐
모두 사랑을 갈구하는 걸 볼 수 있다.
그래서 새침하든, 무뚝뚝하든, 수다쟁이든, 장난꾸러기든
모든 아이가 사랑스러워 보인다.
아이뿐만 아니라 어른도 이와 다르지 않게
사랑받고 싶은 아이가 내면에 있을 거란 생각이 들었다.

다만 마음을 숨기는 게 아이보다 능숙해진 것일 뿐.

아이에게 하듯, 고집 피우고 이기적인 어른들을 비난하기보단
이해하고 포용하고 사랑을 줄 수 있는 이가 되는 건
이미 아이가 아니라는 것에 문제가 됐다.

자각

일생에 부질없음은

스스로가 정말 멍청했음을 깨닫는 순간.

하지 말았더라면 더 좋았을 말들을 한 것과

용기를 내어 말했어야 하는 말들을 참은 것.

다시 오지 않을 시간인 줄 알았으면서도

그 시간을 두려움과 가식으로 점철하여 버린 것.

감정의 표현도 제대로 하지 못하는 것은 어쩌면

본질에 가장 가까운 곳에 아무것도 가지고 있지 못해서는 아닐까.

아직 미처 자라지 못한 생각은

오지 않은 것들을 두려워하여

마주하고 누리는 것들을 포기한다.

미성숙의 시기에 성숙한 척했던 모든 것을 되돌아보니

결국 내 안에 무지와 편견 그리고 가식과 위선을

마주할 수밖에 없다.

시간

하루를 살아갈 땐 하루가 길어
나누고 쪼개어 다시 오지 않을 시간을 새기며 살았다.
그러다 쌓여 가는 시간 뒤 나의 모습을 보았을 때
그런 생각이 들었다.

나의 삶이 쌓여 오늘의 내가 된다면
나의 노력과 시간을 나누어
하루의 시간에 무엇인가가 되기 위해 노력하기보다
자신의 됨됨이를 돌아보는 것에도 시간을 써야 하지 않았을까.

인생의 쉼표를 새기는 지금 나는 누구인가에 대한
공백의 물음에 조금씩 답을 채워 가고 있다.

마치 그해 분주했던 시간처럼.

마주보다

어려서 바라본 세상엔 한계가 없었다.
무엇이든 할 수 있었고, 될 수 있었다.
조금씩 자라 하나의 경험과 하나의 용기를 맞바꾸며
꿈의 크기를 축소하는 대신 현실의 한계를 조금씩 확장해 갔다.

결국 삶이란 나를 마주하는 일이었고
그것을 알아 버린 지금,
과거에 충분히 고민하지 못했던 작은 장애물들에 둘러싸여 있다.

과거에 찍은 수많은 점이 결국 나의 삶과 미래를
결정하게 될 밑거름이라는데
청춘이라는 수식어가 무색하게 된 이제 어디로 가야 할지
도통 알 수 없는 어른아이가 되어 버렸다.

정확히 말해 꿈만 꾸는, 머리만 큰 사람이 되어 버린 건 아닐까.

지나온 시간

쌓인다는 건 흔적이 남는 것
눈에 보이지 않는다고 해도 쌓여 있다면 보이기 마련이라는 걸
한 꺼풀의 생각이 벗겨지고 알게 되었다.
온전히 한 사람이 만들어지기까지
얼마나 되는 경험과 후회가 시간을 통해
녹아서 쌓여야 하는 걸까.
문득 나무만 나이테를 갖는 게 아니라는 것을.
사람 또한 지나온 걸음으로
사람의 깊이와 크기를 가늠할 수 있다는 것을
또한 알게 되었다.

젊음

돌아갈 수 없는 계절에 놓여서 다음 해는 없을 것처럼 유난했던 그 시절이 아련하다. 그 시절 불을 붙여 태운 것은, 스스로 젊음을 버린 것인데, 젊음에게 버려진 듯 서운하다.

끝없는 젊음을 바라지는 않는다. 시원한 가을을 살면서, 여름날의 푸른 바다를 상상하듯, 보고 싶은 것들만 색칠하고 나서 가장 아름다운 날들이라 회상하는 걸 좋아한다.

늘 푸른 소나무를 부러워하면서,
늙어 가는 것을 피하려고 하지 않는다.

젊음은 아마도 회상 속에서 가장 밝고 아름다운 듯하다.

완성

가득히 성숙하다.

결정장애를 가진 나는
언제나 내 그릇의 크기를 결정하지 못했다.
덕분에 내 그릇은 가득 찼으나 부족했고
턱없이 부족할 땐 조급하지 않았다.
자존의 완성은 매번 나중으로 미루어졌다.

이름 없는 사람

아주 흔한 일상을 보내고 있는 그 사람은 요즘 마음을 들볶일
일이 없다. 날이 좋으니 뭐든 해 볼까 하는 의욕도 뭉근하다.
잠은 그런 대로 잘 자고 가끔은 엉뚱한 꿈도 꾼다.
식욕은 많지만, 뭐든 입에 들어가면 그저 배부르다고 입을 닫는다.
사랑은 끓어 넘친 후 적당한 온도를 찾아 떠났고,
일은 제법 익숙해져서 멍청이가 되는 꼴은 면하고 있다.
통장 속 잔액은 늘 아쉬움만 남지만,
오늘을 살기엔 부족함은 없어 보인다.

아무 일도 없어 조금은 지루했던 하루의 평화로운 저녁.
적당히 부른 배로 소파에 앉은 그 사람은,
마음 상할 사람도 사건도 감정도 없는 고요한 마음에
문득, 서글픔이 몰려온다.
울어 버릴 수만 있다면 목 놓아 울어 버리고 싶다.
진하게 울어 버리면 더할 나위 없는 만족감이 들 텐데.
거친 입술을 물고 그저 잠이 들고 싶다고 생각하며
잔잔하고 무미건조한 표정으로 노트북을 열고 글을 이어 간다.

결점

결점은 성장을 할 수 있는 계기와 발판이 되어 주면서도,
자꾸 곱씹을수록 나를 한없이 깊은 심해의
바닥까지 끌어내리기도 한다.
결점에 대한 해결책부터 찾기보다는 그 결점들을
하나씩 하나씩 받아들이고 있는 그대로의 나를 인정해야 하는데
머리로는 알면서 행동으로 옮기는 게 쉽지 않다.
이 부분 역시
살면서 풀어 나가야 하는 또 하나의 숙제인 걸까?

슬픈 기억

슬프고 힘들고 괴로운 것은 과거가 되어야 비로소 의미가 있다.
슬프고 힘들고 괴로움 중에 있는 이에게 아무리 그것의
의미를 설명한다 해도 반항심만 불러일으키는 것은 그런 이유다.
가까운 이와 이별을 경험한 이에게
그것이 멀쩡하게 사는 사람들에게 어떤 의미인지 전하는 것도,
막대한 재산 피해를 본 이에게 그로 인해 얻게 될
성숙을 설파하는 것도, 모두 이해가 없는 폭력일 뿐이다.

지나고 나야 보이는 것들이 있듯이,
지나고 나야 의미가 있게 되는 것이 있다.
꽃은 물과 햇살을 충분히 머금어야 피어나는 것이다.
싹이 틀지 안 틀지 모를 씨앗에 대고
미래를 장담할 수는 없는 법이다.

그러니, 차라리 조용히나 있는 것은 최선은 아니더라도
차선은 될 수 있는 것이다.

선택

갈림길 앞에 놓여 있을 때면, 길고도 깊은 고민에 빠진다.
미련이 많은 내게 선택이란 건, 제아무리 선택지가 적을지라도
고통스러운 일이다.
그 앞에서 할 수 있는 거라곤
고작 몸과 마음을 서로 다른 길로 보내는 일뿐이다.

몸이 가는 곳엔 마음이 없고,
마음이 가는 곳엔 몸이 없다.

그러니 어떤 선택도 후회로 얼룩지지 않을 수 없는 일이다.

잡념

한 치 앞을 볼 수 없어 매력적이라던
삶에 지옥도가 펼쳐진 것은 찰나였다.

평화롭던 일상의 균형이 깨지고 한쪽으로 기우는 것은 어쩌면
큰 그림 안에 균형의 추가 움직이는 건 아닐까.

인생은 멀리서 보면 희극이고 가까이에서 보면 비극이란
유명인의 이야기가 와닿아 박히는 것은
어쩌면 모든 인생의 굴곡의 끝이 정해져 있기 때문은 아닐까.

그런 생각을 해 보았다.
삶의 철학이 확고했더라면,
인간에 대한 심오한 이해가 기초하였더라면
어쩌면 조금은 더 비껴가지 않았을까 하는
그런 쓸데없는 생각을 해 보았다.

성장

예전엔 방향이 맞으면
가는 방법이 힘들더라도 옳은 줄 알았다.
참고 견뎌 내고 무디어지는 게 맞는 줄 알았는데,
맺혀 있던 생각이 터지고 변화되고
자신을 돌아보고 진정한 내가 누군지
더 고민하게 되는 시간을 보내며
생각이 바뀌게 되었다.
방향이 옳다면 나에게 맞는 올바른 방법도 찾아야 한다고,
사람의 모든 게 각양각색인데
삶의 그림이 어떻게 모두 같다고 느껴질까.

생각

기대가 클수록 실망도 큰 법. 기대와 실망의 끝나지 않는 엇갈림 속에서 나는 기대하지 않는 법을 배워야 할까, 실망하지 않는 법을 배워야 할까. 아니면 둘 다 쉬이 얻어지는 것이 아닐 테니 차라리 절망에 익숙해지는 것이 나을까.

채워짐이 없었다면 그 결여에 아프지 않았을 텐데. 관계의 기쁨을 누린 적 없었다면 외로움에 몸부림치지도 않았을 거다. 그래, 차라리 어떤 종류의 사랑도 몰랐다면, 무자비한 세상을 감각 없이 사는 것에 별다른 이질감을 느끼지도 않았을 거다. 그냥, 평범한 삶의 한 방식인 줄로, 모두 그렇게 사는 줄로, 또 다른 삶은 없는 줄로, 그렇게 믿었을 거다.

위는 음식을 넣는 만큼 늘어난다. 간혹 위가 늘어나지 않는 유전자도 있다지만, 대부분 위는 각자의 한도까지는 조금씩 조금씩 그 양을 늘려 간다. 그리고 반대로 그 양을 줄일 때는 극심한 배고픔을 느끼며 조금씩 조금씩 줄어든다. 포만감으로 채웠던 그 자리를, 공허와 허무가 대신하며 줄어든다.
기대도, 소망도, 그래야 할까. 행복과 풍족으로 채웠던 지난날들이 끝났으니, 이제는 슬픔과 결여로 아파하며 그 기대를 없애야 할까.

매일같이 채울 수는 없을 외로움을 밥에 비하는 것 자체가 말이 안
되는 걸까.
기대를 버리지도 실망을 피하지도 않되, 고통을 의연히 맞이하며 또
다른 기대를 품는 것은 과연 가능할까. 어른과 아이가 다른 것은, 어
른은 어떤 상황에서도 더 나은 내일을 꿈꿀 수 있기 때문이라는데,
난 언제쯤 어른이 되는 걸까. 이 고민의 끝은 아이 된 내 존재의 확인
일 뿐일 걸까.

과연 모두는, 이 삶을 어떻게 살아가고 있는 걸까.

과정

새하얀 여백은 먹물 하나로 화폭이 되었지만
세상 빛을 본 건 그리 많지 않았다.
그 완벽한 작품이 있기까지의 노력에는
버려진 것들이 더 많았으니까.
어쩌면 입바른 소리일 수도 있겠지만
성공까지의 과정에서 실패, 그 실패를 딛고 일어나는 노력.
당신은 지금, 그 과정에 있다고 말해 주고 싶다.

2.

여름
이슬

여름 이슬

청량하지도 탁하지도 않은 여름날이었다.

그 여름 속 나는 눈에 띄지 않으려 얇은 이불에 몸을 말아 누워 있다. 이미 눈에 띄지는 않고 있기에 어떻게 보면 핑곗거리의 일종이다. 아지랑이는 이미 간파한 모양이다.

어쨌든 오늘도 난 이러고 있다. 무수한 무력감을 올곧게 받으면서 무거운 머리를 잠시 내려놓고 그 위에 달을 띄웠다. 여름의 달빛은 내게 자비로웠다. 이런 무기력한 나에게도 곧장 본인을 내어 준다. 덕분에 난 부드러운 소리 일절 없는 유영의 마침표를 끝끝내 찍을 수 있게 되었다. 그리고 이 마침표는 아마 노을이 수평선에 앉아 나와 내 머리 위 달에 인사하며 찍힐 것이다.

그럴 거라고 하니 당신이 생각나기도 한다. 더위가 잠깐 쉬러 간 새벽, 창문을 연 채로 선선하게 불어오는 바람을 맞으며 침대 모서리에 반쯤 기대어 잠까지 미뤄 가며 했던 당신과의 대화, 그 대화에서 오고 갔던 말들.

가장 더운 계절에 가장 시원했을 밤이라 그랬을까. 술을 조금 마신 탓에 당신에게 잠시 취했을까. 그 기억은 나도 모르는 사이에 내 기억의 한구석에 자리를 잡았다.

계절이 가면, 변하는 건 비단 날씨뿐만이 아니다. 나에게 계절을 맞
이한다는 것은 당신과 그렸던 것들이 조금씩 희미해지고 색이 바랬
고, 본연의 의미에서 미화되거나 순화된다는 것이다.
그날은 무더운 태양이 잠시 쉬러 간 사이, 풀잎에 이슬이 맺혀 여름
의 눈물이 되어 준 날이었다.

내리는 비

비 내리는 날이면 창문을 조금 열어 두고 가만히 앉아 빗소리와
비가 내리면 나는 특유의 냄새에 청각과 후각을 맡긴다.
그렇게 한참을 보고, 듣고, 맡다 보면 자연스럽게 마음속에선
비와 관련된 노래가 흘러나오고 생각은 감성적으로 변한다.
여러 생각이 머릿속에서 돌아다닌다.
희망보다는 주로 불안감이나 걱정거리들.
그래도 빗소리에 맞춰 잠시 행해지는 일탈이니
가끔은 비가 내리며 바닥을 때리는 소음과 냄새와 풍경이 좋다.

돌멩이

나는 항상 주위의 것들이
영원히 나와 함께 하길 바랐다.
변하지 말고 떠나지도 말았으면 하는 것들이 있었는데
어쩌면 너무 이기적인 내 욕심이었다.

나조차도 변하는데,
변하지도 않고 떠나지도 않는 것들은 존재할 수 없었다.
시간이 흐름이 시작되면서,
멈춰 있는 것들은 하나도 없었다.
그리고 나는 당연하다고 생각하면서도 서운했다.

이럴 거면 아주 오랫동안 같은 모습으로 있을
돌멩이나 사랑할걸 그랬다.

여름

깊게 들이마신 숨에서
여름의 끈적끈적함이 느껴진다.
바늘로 찌르는 듯한 빛이
사람들의 옷 속으로
조금이라도 더 들어가기 위해
고군분투하고 있다.

불쾌

이 한 단어로는
표현할 수 없는 계절은
내 몸 안팎에서
자기 영향력을
과시하고 있다.

핑계

보통 비가 오는 날에는
늦잠을 자기 마련이다.
정확하게는 늦잠을 자고 싶기 마련이다.

해도 아직
이불 덮고 자는 것 같으니까
포근한 이불 속에서
자연스레 더 자야겠다.

되돌아가다

나는 앞서 걷는 사람들의 등을 볼 수 있었다. 어떤 사람들이었더라. 누군가는 오만했고, 누군가는 자상했고, 누군가는 유능했고, 또 누군가는 딱딱했던. 얼굴은 떠오르지 않았다.

그 사람들은 나를 떠나 한 번 뒤돌아보지 않고 앞서 지나간 지 오래였기 때문이다. 나는 그저 느린 걸음으로 그 뒤를 쫓았다. 그게 나를 슬프게 하지는 않았지만, 글쎄, 적당히 외롭게 하기는 했다. 딱 모든 것이 그리울 만큼.

그래서 나는 느린 걸음을 멈췄다. 당연하게도, 아무도 나를 기다려 주지 않았다. 나는 미련 없이 되돌아가기로 했다. 인사를 하고 그들을 보내고 되돌아가는 길에서

비로소 쓸쓸하고 미련이 한 방울 남아 나에게로 떨어졌다.

밤하늘

사람을 만나는 건 깜깜한 밤하늘 속을 비행기처럼 날아다니며
저 멀리 있는 별들이 보내는 빛을 가끔 스쳐 지나가는 일과 같다.
간신히 반짝이는 비행기가 오래전부터
그 자리를 빛내던 별을 만나면
그냥 그런 말밖에 할 수 없다. 너희를 다 좋아해.
아주 먼 곳에서, 아주 옛날에 보냈던 별빛이 바다의 배를 이끌고,
사막의 길을 인도해 주어서 그래서 내가 바다를 건너,
땅을 딛고 밤하늘까지 너희를 만나러 내려왔다고,
여전히 멀리 떨어진 지구에서 하는 혼잣말뿐이다.
사람의 마음도 밤하늘의 별과 비행기처럼
서로 먼 곳에 떨어져 있을까.
그래도 누군가를 만나러 비행기를 타고 밤하늘을 반짝이며 날아
여전히 먼 곳에서, 당신을 좋아한다고 속삭이는 게
당신을 만나는 일이다.

끌림

나는 이곳에서 태어났기 때문에
필연적으로 지구의 중력에 평생을 끌려다녀야 한다.
이렇듯 물리적으로 나를 붙들어 주는 무언가를 항상
발밑에 두고 있다는 사실을 깨달았으므로,
사람은 몸뿐만 아니라 마음도 갖고 있다는 사실에 따라,
심리적으로도 나를 붙들어 줄 무언가를 찾아 헤매야 했다.

평생을 중력과 같은 끌림으로 나를 붙들어 줄 무언가를.

어떤 하루

항상 똑같은 일상이라고 하지만
자세히 들여다보면 한번도 똑같은 하루는 없었다.
그래서 그 모습이 기억나지 않는다.
그래서 자주 덧그리게 된다.

"비가 오는 멋진 날이었지."
"화창하지만 아픈 하루였지."
"무지개가 뜬 하늘엔 별이 가득했고, 동시에 태양이 여러 번
반짝였는데, 그때마다 시원한 바람이 불었지!"

그 모습조차 기억나지 않는 날이 있다.
이름도 모르고,
그 모습이 잘 기억나지 않을 뿐인
그저 그랬을 그런 날.

회색 바다

캠핑하러 가서 바라본 바다는 회색빛이 났다.
바다에서 처음 건져졌을 때 처음 본 것은 구름이었다.
먹구름이 하늘을 온통 덮고 있었으니,
원래 하늘은 회백색인 줄로만 알았다.
발아래로 파도가 찰랑거렸고, 짠 내와 비, 먼지 냄새가 섞여
어두운 냄새가 났다.

바다도 하늘도 좋아 보이지 않았다.
왜였는지는 모르겠다.
나는 여태 바다에서 살았던 게 아니라 잠겨 있었구나.
처음으로 올라온 육지는 미지근하고, 눅눅하고, 슬펐고,
바다와 닮아 있었다.

유월

자꾸만 낯설어지는 길을 앞에 두고 한참을 울었다.

소매에 쓸린 눈가가 아렸다.

끝을 낸다면 그건 유월이 되었으면 싶다.

세월을 모르듯 푸르게 무르익는 계절이었으면 싶다.

뒤를 돌아보기 전에는 눈을 감는 버릇을 들였다.

슬픈 것들이 너무 많다.

분명 주변은 활기찬 계절인데 그래서 내가 맞게 되는 이 공허한
감정의 종말은 유월이었으면 한다.

졸업식

졸업식 사진을 볼 때마다
환하게 웃는 모습에 많은 생각이 오간다.
그때 웃음의 의미를,
그리고 그 곁에 있던 사람들의 의미를 지금처럼 생각했더라면.

인간은 망각의 동물이기에 기억에 관한 생각이 더 간절하다.
좋았던, 그리웠던, 간절했던, 그 기억이
카이로스의 힘으로 지워지거나 왜곡되지 않게
그렇게 간직하고 싶다.

못다 한 이야기

수많은 밤을 하얗게 피워 낸
그 숱한 시간은 결국 하나의 기억으로
남기기 위한 일련의 몸부림에 지나지 않았다.
그리 멀지도 그리 가깝지도 않을 것을 못내 그리며 그렇게 지냈다.
긴 생의 짧은 연을 이리 마무리 짓는 것이
아쉽지만 그게 우리에게 주어진 성숙의 짧은 시간이라면
받아들이는 것 또한 더 나은 하나의 인격이 되는 것이 아닐까.
만남과 헤어짐이 서로의 의지였다면
그걸로 못다 한 이야기는 맺어진 게 아닐까.

호의

타인을 향한 호의가 과하면 일어나는 아이러니. 미처 생각이 타인의 마음에 닿기 전에 몸이 반응하여 호의를 베풀 때 때론 필요하지 않은 강요가 되고 그 강요가 부담스러워 만류하여도 반복되면 짜증이 쌓이고 마음에 금이 가며 결국 감정의 골이 깊어지게 됨을 경험하였다. 그리하여 그 상황의 반복을 피할 수 있는 건 결국 적당한 거리감을 유지하는 것. 나를 돌아보았을 때 거리감을 유지하지 못하는 부분이 어딜까 곱씹어 본다.

누구도 나의 마음과 같지 않다.

그렇기에 큰 기대는 정신에 해롭다.

연결

감정은 시간의 구애를 받지 않는다.

나는 과거에 느낀 감정을 마음 한구석에 있는 기억을 통해

거의 같은 강도로 지금 이 현재로 가져올 수 있다.

그러니 조심할 것.

내가 누군가를 떠올리며 느끼는 이 감정이,

지금의 내가 지금의 그 사람에게 느끼는 감정이라

섣불리 오해하지 않도록.

연결은 이미 과거에 끊어졌음을

침착하게 인지해야 한다.

굳은살

나름 많은 시간을 보내 왔다.
또 나름 많은 사람을 만나 왔고
많은 경험들을 겪어 왔다고 생각해.
이제 좀 굳은살이 박였을 거로 생각했는데,

굳은살은 무슨
무엇이든지 마주할 때마다 아주 새살이다.
난 언제 굳은살이 박이려나.
언제 조그만 일에는 꿈쩍도 하지 않으려나.

용기

혼자 여행할 때만 느껴지는 꺼림칙한 고독감이 있다.
내 삶을 가까스로 지탱하고 있던,
나와 세상을 이어 주던 연결 끈들이
갑자기 모조리 툭 하고 끊어져 나간 뒤,
낯선 지역, 미지의 존재들만 가득하고,
어둡고 버거운 밤 가운데 홀로 던져진 기분.
그 속의 나, 원래의 나,
한없이 여리고 나약하고 무력한 존재,
애초부터 아무 힘도,
아무 영향력도 가진 적이 없었던 것 같은 기분.

그리고 비로소 그때 생기는 용기가 있다.

내리막

빗방울이 어느새 먼지 가득한 아스팔트를 적신다.
조금 그리운 듯한 젖은 빗소리를
가로등이 묵묵히 지켜보다가
날이 밝아 오는 담벼락 뒤에 기대어
조용히 눈을 감고 잠이 든다.

아스팔트 틈을 아등바등 기어가던
작은 웅덩이들은
저기 내리막 잠든 가로등으로
그 아래 슬픔을 가둔 창살로
가로등 불도 아침 햇살도 없는
어두운 하수구로 투신해야만 한다.

모방

태어나고부터 지금까지 다른 사람의 의견을 들어 보고,
내 의견이 생각났다.
내가 들은 것과 본 것은 이미 예전부터 있었다.
세상도 나도 끊임없이 모방한다.
어렸을 때는 부모님을, 크면서 친구들을,
그리고 더 깊어지기 위해 책을 읽는다.
내가 생각한 것을 이미 누군가가 생각한 것이 많았다.

다만, 생각을 실현하는 사람과
잊어버리고 지나가는 사람이 있었을 뿐이다.

인연

잊은 지 너무 오래되어 그리워하지도 않았던 감정을 내 마음에 도로 데려다주었던 사람이 있었다. 잊었던 감정을 되찾게 되면 기다렸다는 듯 정신없이 모든 사물의 표정이 변하고 모든 움직임의 방향이 바뀐다.

이렇게 신선하고도 과격한 영감이 피어나는 인연을 삶 속에서 누리기 위해서는, 그런 사람을 살면서 마주칠 수 있느냐, 하는 것이 첫 번째.

그때 내가 충분하게 현명하여 그 사람의 중요함을 제대로 알아볼 수 있느냐가 두 번째.

그리고 그 당시 타인이 내게 영향을 끼칠 수 있도록 내 마음을 충분히 열고 있던 상태인가가 세 번째.

나는 두 번째에서 세 번째로 넘어가는 길에 멈춰 있다. 결정장애가 있어서 망설인 건 아니었다. 그저 생각한 것보다 확신이 부족했고 불확실한 것에 모든 것을 걸 만큼 용기가 없었다. 지난 후에야 확실히 보인다.

내가 머뭇거렸구나.

마주치기 위한 계획

전할 수 없는 마음이 있을 때면 걷곤 했다.

마음과 달리 나에게는 분명한 목적지가 없었다.

몇 날 정도는 텅 빈 복도를 발소리로 채워 보았다.

또 몇 날 정도는 익숙하지 않은 거리에 발자국을 찍어 보았다.

익숙하지 않은 거리에도 가로등은 빛나고 있었고,

난 골목길의 가로등 불빛을 좋아했다.

낯선 정류장에서 몇 대인가 버스를 보내며 생각에 빠졌다.

까만 눈동자와 곧은 시선을 생각했다.

마주침에 대한 몇 가지 계획을 세우곤 했다.

우연을 가장하여 궤도를 찾아서.

커튼

보기 좋은 것들만 난무하고, 보기 싫은 것들은 커튼 뒤로 욱여넣어진 세상이다. 미소, 아름다움, 밝은 것들 뒤에는 눈물, 일그러짐, 어두운 것들. 그래서 우리는 자신의 어둠을 쉽사리 밖에다 내놓지 못한 채 사는 것이 아닐까. 남들도 나만큼 삶이 힘든지 어떤지 알 길이 없어서, 드러낼 용기를 내지 못하고 있는 것이 아닐까. 그래서 그 무겁고 짐스러운 것들을 마음의 커튼 뒤에다 감춘 채 내 방 안에서만 홀로 외로이 감당하며 사는 건 아닐까. 혼자 감당할 힘조차 용기조차 이제는 모자라서, 자신도 보지 못하게 더 꼭 숨겨 버린 것은 아닐까.

고민의 크기

누군가가 다른 사람의 고민을 '사치스럽다'고 표현하는 걸 들을 때마다 난 늘 좋게 들리지 않았다.

세상에 사치스러운 고민이 대체 어디에 있을까. 아무리 나보다 부자이거나 친구가 많거나 잘난 사람이더라도, 그 사람 삶의 맥락에서는 심각하고 절박한 고민일 수 있을 거다.

인간이 하는 모든 종류의 고민은 그 크기를 상대적으로 가늠하여 줄 세울 수 있는 부류의 것들이 아니다. 어떤 고민이 얼마나 크고 고통스러운지는 고민하는 자에 의해 절대적으로 정해지는 법이다. 고민하는 사람이 크다면 큰 것이고 작다면 작은 것이 아닐까. 그 고민을 두고 사치스럽다고 여긴다는 건 고민을 그 사람 삶의 맥락에서 봐주지 않고 본인 삶의 맥락 안에서만 보았다는 거다.

고민하는 사람의 삶에 몰입하여 이해해 보려는 시도가 없었다는 거다. 혹시 당신이 누군가에게 네 고민은 사치스러운 고민이라 말하고 싶은 충동이 생긴다면, 혹시 그 충동이 당신의 몰이해에서 비롯된 것은 아닌지 살펴봐야 할 필요가 있다.

또한 그 말을 하는 순간 고민에 힘든 사람에게 상처 한 겹을 더 입힐 수 있음을 유념해야 한다. 상대의 고민을 어떻게든 해결해 주고 도와주려다 오히려 독이 될 수 있기에.

그저 묵묵히 들어주는 것. 고민을 해결해 주지는 못하지만, 상대방에게는 충분히 마음 한편의 가뭄을 해결해 주는 단비가 될 수 있다.

이유를 섞고 싶지 않은 순간

이유를 섞고 싶지 않은 순간이 있다.

이를테면,
좋은 소설의 마지막 장을 덮은 뒤.

이전과는 미묘하게 달라진 듯한 세상의 공기,
온갖 종류에 몰입한 결과로 촉촉해진 눈동자,
낯선 형상으로 울렁거리는 가슴속 기묘한 느낌.

이런 황홀한 순간에는
이 책이 훌륭하다는 생각이 드는 동시에
이 책이 훌륭한 이유는 생각하고 싶지, 않아진다.
감정에 생각이 섞이는 순간,
느낌을 언어로 풀어내는 순간,
이 순간의 고유함이 훼손될 것만 같다.

저녁 무렵

지는 해가 눈부셔 인상을 잔뜩 쓰며 얼마 없는 그늘에
잔뜩 몸을 구겨 넣고 버스를 기다렸다.
운이 좋으면 금방, 아니면 한참을 기다려서야 겨우겨우
버스가 그 무거운 몸을 끌어내 문을 열었고,
사람 그득한 버스 안에서 이리저리 흔들리는
몸을 겨우 지탱해 가며 멍하게 창밖 풍경을 보곤 했다.
창밖은 항상 같은 풍경이었다. 져 가는 해가 따갑게 눈을 찔러 댔고,
하늘은 주홍빛과 하늘빛이 묘하게 뒤섞여
그 색을 점점 바꾸어 갔다. 길게 그늘진 아이들의 그림자와
일찍이 불을 켜기 시작하는 상가의 간판들.
부랴부랴 학원으로 향하는 학생들의 모습과 대비되어
느릿느릿 걸으며 조잘조잘 떠들어 대는 행인들.

그 같은 풍경을 나는 매일매일 바라보았다.
같은 풍경은 매일 달랐고, 나는 그 다름을 같음으로
받아들이는 것이 좋았다.
귀갓길 가장 평화로운 시간의 가장 여유로운 취미였다.

나는, 여기에 있어

하나가 아니라 둘이라면, 그 사이는 필연적으로 텅 비어 있기 마련이다. 그것이 물리적 공간이든, 심리적 거리든,
서로 다른 존재로 존재하기 위한 논리적 필연성이자, 기본적인 당위이다. 그런데도 필연과 당위를 넘어 그 사이를 메우고 싶을 때가 있다. 나 아닌 체온을 느끼고 싶어서, 유일한 존재의 고독을 나누고 싶어서, 무심코 그 텅 빈 곳으로 발을 딛고, 닿을지 알 수 없는 말을 허공에 내뱉어 본다. 무모해 보이는 초월적인 시도, 그것만이 우리가 할 수 있는 모든 것임을. 얇은 실 하나가 둘 사이에 놓이게 된다면 그것으로 만족한다. 우리는 실 전화기 한쪽 끝을 붙잡고 나지막이 말할 수 있다.

나는, 여기에 있어.

파랑

바닥에 파란색을 쏟아 두었다.
그 색을 가져다가 며칠을 살았다.

불투명한 미래에 붓을 대며
문지르며, 쓰다듬으며
삶의 밑바닥을 파랗게 칠해 주었다.

영어에서 파랑은 우울의 뜻이 있었다.
그 감정을 가져다가 며칠을 지어 살았다.

노력하면 되겠지.
수많은 감정 낭비들을 나는 우울의 물질로 치부하며
파랑을 가져다가 며칠을 살았다.

본성

나는 내 본성을 알고 있다고 생각했어.

누구보다 나를 잘 아는 건 나라고, 그렇게 굳게 믿어왔는데 아니었나 봐.

어느 정도는 내 본성이라고 생각하는 틀 안에 나를 집어넣은 것 같기도 해. 내가 진짜라고 믿어 왔던 것들이 어쩌면 진짜가 아닐지도 모른다는 생각이 들어. 그럴 때마다 내가 어떤 사람인지 모르겠는걸.

난 어느 정도는 본성에 따라 살아야 한다고 생각해. 과도하게 인위적인 노력은 언젠가 불행을 가져온다고 생각하거든. 타고난 것을 거스르는 건 굉장히 힘든 일이야. 필요한 정도에 따라 억제하거나 활성화할 수는 있지만, 본성에서 한참 벗어난 상태를 오래 유지한다면 버틸 수 없을 거야.

불행했던 순간이 혹시 그런 상태는 아니었을까 하는 생각이 들었어. 나에 대해 너무 확정 짓고 살았던 건 아니었을까. 난 항상 나는 어떤 사람이라고 단언할 때가 많았거든.

그게 내 행동에 영향을 주기도 했어. 그런데 그건 별로 좋지 않은 것 같아. 충분히 탐구해 보지 않고 결론을 내리는 건 위험한 짓이니까.

믿음직스럽지 않은 결론을 잣대로 행동을 좌지우지하는 건 경솔해. 나를 안다고 한번 자부해 버리면 그 뒤로는 더 이상 생각하지 않게 돼 버려서. 잘못됐을 수도 있는 생각이 앞으로의 모든 걸 조종할 거야.

그러니 항상 돌아봐야 해. 끊임없이 생각해 봐야 해. 내가 어떤 사람인지. 본성이라는 걸 찾는 게 그렇게 쉬운 일은 아니거든.

일상 생각

문득 영화를 보다 이런 생각이 남아 적어 본다.
존재로서의 나는 지나온 시간과
경험한 시간이 묶여 있는 것이다.
그간의 감상과 사유는 삶의 지혜로 남겨지고,
그동안 누렸던 풍요와 누린 것들은 육체로 남는다.
모든 사람이 정신과 뇌리에 부딪혔던 한계들의 기록과
실패의 잔상들이 갈등과 같이 남아 수많은 시냅스로
연결되어 있다.
그렇기에 모든 사람이 고유하게 특별하다.
그렇기에 수많은 이해가 필요하고 그 이해들을 경험하며
한 뼘씩 자라난다.
어린 생각은 없다. 그저 아직 미치지 못하여 어리석어지고
마음의 빗장이 완전히 열리지 않아 받아들이지 못할 뿐이다.

소외

한 사람을 사랑하게 된다는 것은 다른 모든 것에게 소홀해짐으로써
외면당할 수도 있다는 의미이다.
그만큼 사랑과 관심을 다른 곳에 쏟아 줄 수 없게 될 수도 있다는 것
이다. 어쩌면 그로 인한 소외감을 견딜 수 없을지도 모르지만,

우리는 여전히 누군가를 온 마음을 다해 사랑한다. 나 역시 그러할
지 모른다. 무언가를 사랑함으로써 잃어야 하는 그것들이 있고, 누
군가와 함께함으로써 가끔 자연스레 느껴질 소외감과 고독을 견디
기가 너무도 힘든 날들이 다가올지도 모른다.
그래도 내가 사랑하는 것은 무언가, 누군가가 나의 빛이 될 수 있고,
온 세상이 내게 등을 돌리는 순간에도 마음을 다해, 내 손을 잡고 일
으켜 줄 사람이기 때문에.

그리고 나 역시, 매몰찬 소외의 세상에서 당신에게 손 내밀어 한 줄
기 빛이 되어 주고 싶기 때문이다.

독백

말을 걸면 웃어넘기기 바쁘고
겉으로는 아무 문제없어 보여.
좋은 게 좋은 거로 생각하고
사람들에게 맞춰 주기 바빠
그러는 사이 나는 내가 없었던 거 같은 기분에
가끔은 울적하기도 해.
남들은 내가 속으로 무슨 생각하는지
속을 알 수 없다고들 해
나도 내 속을 모르겠어.
다가와 준 사람들은 고마운데
그냥 나 자신이 만든 외톨이가 되고 있어.
그러면서 또 외로움은 얼마나 잘 타는지
어디서부터 뭘 어떻게 해야
조금은 변하고 달라질 수 있을까.

만남

유독 머리에 맴도는 만남이 있다. 그때 그 사람이 무심결에 나에게
해 준 말 한마디 한마디가 하루에 하나씩 가슴에 박히는 그런 만남
이 있다. 만남 이후 나에게 스며든 그 사람의 자국 때문에 오늘에 집
중할 수 없을 때 그제야 그 사람이 내게 중요한 사람임을 안다.
나는 속수무책으로 그 사람에게 영향을 받을 사람이며, 그 사람은
나를 움직이고 변하게 할 힘을 가진 사람임을 안다. 감사하게도 그
런 사람들을 꽤 여럿 만났고, 나는 자존심이 센 나머지 사람을 붙잡
을 줄 모르는 사람이라서 그들 중 내 옆에 남은 사람은 그다지 많지
않다.

그래도 그 사람들이 나에게 남긴 흔적만큼은 내 소유로 소중하게 남
았다. 나도 그런 부류의 만남을 누군가에게 선사하고 싶다면 그건
욕심일까. 나도 누군가에게 그런 식으로 휘몰아치듯 스며들어 그 사
람의 하루를 지배하고 싶다면 그건 욕심일까. 이러한 욕심을 지니고
서 내가 욕심내고 있는 사람들에게
나와의 만남을 제안하고 싶다면, 그것은 오만일까.

소원

창가에 기대어 별을 헤아리다가, 달을 간질이다가,
차가운 창문에 맞닿은 손가락이 이리저리 미끄러졌다.
멍하니 밤하늘을 보고 있으면서도
입술은 차마 움직이지 않았다.

아무런 소원도 빌 수 없었다.
지키지 못할 것을 알기에 이뤄 낼 수 없다는 걸 알아서.
창가에 스민 어둠이 차차 얕아졌다.
결국 아무것도 빌지 못한 채 어둠은 숨을 죽였다.

자국

그 발자국은 너무 오래되어서, 더 이상 발 모양이라 부르기에도
애매한 동그란 자국이 되었다. 나름대로 움푹 팬 자국은 때때로
빗방울이 모여 웅덩이가 되고, 굴러다니던 모래가 모여 흙으로
메꿔질 듯하다가, 온갖 발걸음에 흩어져 도로 동그란 자국 모양으로
돌아오기를 반복했다.

누구의 발자국이었는지 형태도 남지 않은 그저
조그맣게 파여 있을 뿐인
작은 자국이 아직도 흉터처럼 가슴에 남아 있는 이유는
그 때문이었다.
눈물처럼 비를 내려도, 다른 감정들을 그 위에
쌓아 올려도, 결국 습관처럼 찾게 되는,
한 번을 잊지 못하고
몇 번이고 꺼내 보다가 결국 영영 남아 버린 기억이 되었다.

그치다

우산을 쓰고 너를 기다린다.

그날처럼 비가 내리고 있었다. 날은 흐리고 발끝은 젖어오는데,

너는 저 멀리서도 보이질 않고, 나는 그저 우두커니 서서

누군가가 나를 찾아와 주지는 않을까. 그게 혹시나 너는 아닐까.

헛된 먹구름 같은 희망을 품다가

하늘이 개고 비가 그쳐도 나는 차마 우산을 접지 못하고

볼을 타고 내리는 두 번째 비에 속절없이 서럽게 젖어 가면서

너는 왜 오지를 않나, 오지를 않나 생각한다.

비 오는 날 추억만 가득 안고 그렇게 멈춰 버린 나에게

비가 그쳐도 내게 오지를 않나, 너도 내 생각을 그쳐 버린 건가.

그래서 오지를 않나 보다.

그래, 그래서 오지를 않는구나.

잃어버린 것

스스로 날개를 자르고 나서 가 본 적도 없는 나라의 어떤 사람을 그리워하며 산다. 옛날에, 기둥에 걸리고 벽에 부딪히는 것이 싫어서 날개를 잘라 냈다. 그저 높은 나뭇가지에 앉아 고요히 세상을 관조하며 멀리서 누군가가 날아오기를 기다렸다. 날개 없이 닿을 수 있는 곳은 한계가 있어서, 나는 멀리까지 마중 나가지 못한다. 게다가 내가 사는 곳은 인적이 드문 평범한 거리여서 쓸데없이 호기심이 가상한 여행자가 아니고서는 내 나뭇가지가 있는 곳까지 오는 이는 드물다.

어느 날, 외롭다는 것을 깨닫는다. 갑갑하다는 것을 깨닫는다. 무엇을 기다리기로 한 것인지조차 가물거리기 시작한다. 오랫동안 방치되어 있던 마음의 구멍만이 생생할 뿐이다. 잘라 버린 날개를 어떻게 하면 되찾을 수 있는지 알고 싶지만, 그 누구도 가르쳐 준 적이 없어 막막하다. 기다리는 사람이 누군지 그 얼굴이라도 알면 좋으련만.

조금만 더 멀리 가서 멈출걸 하는 생각이 든다.

이기심

난 그래.

내가 믿어 의심치 않았던 사람이 갑자기 뒤돌아 버리는 것으로

난 배신감을 느끼지 않아.

그 사람이 다시 내게 얼굴 보일 것을 아니까.

내가 배신감을 느낄 때는 내가 직접 그 사람에게서 뒤돌았을 때야,

그 사람이 날 뒤돌게 했으니까.

그 사람이 먼저 내게서 뒤돌 바에야 내가 먼저 뒤도는 게 나으니까.

그래도 느껴지는 이 배신감은 어쩔 수 없나 봐.

만약 그 사람이 먼저 뒤돌아도 난 배신감을 느끼지 않을까?

그게 나는 무서워서 내가 먼저 뒤도는 거지.

이기적이게.

파도

안에 있는 쌓인 것이 작은 일렁임으로 한 번에 쏟아진다.
마치 참아 내던 것을 쏟아 내는 것처럼 강렬하다.
살고자 하는 몸의 표현이다. 막힌 담을 허물 듯
안에 있는 모든 해를 없애려는 몸부림. 모든 삶이 그러하지 않을까.
그저 살아 있음에 감사한 것은
그저 자연 일부일 뿐 어떻게든 살아 내려
풀조차도 빛이 비치기를 바란다.

우리의 삶이 그렇지 않을까.
작은 비명도 질러 내지 못하는 소시민의 일상에
잦은 기침이 연거푸 일어난다.
그렇게 우리는 속마음을 기침에 담아 쏟아 내고 이내
별일 없다는 듯 돌아섰다.
그렇게 일상의 작은 소동은 잠잠히 묻히고 새로운 일상이 온다.

모기

"나 왔어."

늘 그렇듯 매년 찾아오던 여름이었다. 이마에 송골송골 맺힌 땀이
서늘한 밤바람을 타고 날아가던 즈음 너는 그해 여름 가장 더운 공
기를 머금은 채로 나에게 돌아왔다. 무슨 말을 해야 할까. 조금 전까
지만 해도 너를 향해 수면 위로 둥둥 떠올랐던 무수한 감정은 모두
허상이었다는 듯 저 바다 깊은 곳으로 잠겨 버렸다.

그래 너와 난 늘 그랬지. 너는 너만의 세계를 홀로 유영했고, 나는 그
곳에서 초대받지 못한 채 너의 매끄러운 행위를 방관하는 존재. 서
로 마주했지만, 각자의 공상으로 서서히 우린 가라앉고 있었다.

그해 여름

매미 우는 낮에 겨우 깨어난 나는
흐르는 땀을 닦고 커튼을 걷었다.
아스팔트 위, 아지랑이가 일렁이고
수평선 위로는 파란 하늘이 우거져 있었다.

비행기구름이 파란 캔버스에 줄을 긋고
더없이 아름다운 포물선과 함께
비행기는 짙은 울음소리를 남겼다.

그해 여름은 유난히 더웠을 뿐만 아니라
떠나는 사람도 많았던 여름이었다.
문득, 나도 어디론가 홀연히 떠나고 싶었다.

지난달

지난달에 너와 함께 목격한 그 환한 보름달을
아직도 난 잊지 못해.
유난히 밝은 달 아래 별처럼 빛나던 네 얼굴도,
후덥지근한 여름 바람에 살랑이던 잎사귀도,
가로등 밑에서 치열하게 앞다투는 풀벌레 소리도,
모두 선명하게 기억나.

하지만 당신은 그렇지 않았겠지.
당신에게 지난달 그날은 어느 날과도 다를 바 없는
그저 평범한 날이었을 테니까
그게 지난달 오늘의 기억이야.

무지

결국, 사람이었다.

나의 인생이 외롭고 고달플 수 있다는 걸 알게 해 준 것도

사람이었고 무한히 사랑받고 있다는 느낌을 받을 수 있게 된 것도

사람이었다.

그렇게 사람을 떠올리며 감정을 끌어내는 몇 번의 과정을

반복하고 나서야

네가 떠오르는 것에서 숨어 있던 감정을 발견하게 되었다.

낯선 미지에서 풍겨오던 익숙한 감정을, 그리고

그 감정 뒤에 숨겨진 진심들을 알게 되었다.

충분히 친밀해질 수 있었던 시간을 놓친 후에야 비로소

느낄 수 있었다.

그때의 미안함과 실수를……

신호

이 감정들은 무엇의 신호인가.
난 멈추어야 하는가.
계속 앞으로 나아가야 하는가?

아마도 노란불쯤 될 거 같다.
급하게 지나가거나
급하게 멈추어 서거나.

가을밤

시계를 거꾸로 돌려도 시간은 흐르듯,
끝나지 않을 것 같던
여름도 끝을 향해 달려가고 있었다.

따가운 햇빛 아래로 선선한 바람이 불고,
잠자리가 하나둘씩 나타나
푸른 하늘을 수놓고 있었다.
그리고 내가 그토록 기다렸던,
이 지루한 삶을 살아가다 잠깐
쉴 수 있는 가을밤이 다가오고 있다.

앞으로 얼마의 가을밤이 내게 남아 있을지 아무도 모르기에
나는 다가올 가을밤을 온 힘 다해 즐기기로 다짐했다.

3.

가
을
꽃

가을

낙엽들이
생각이 많은지, 못 자고 뒤척인다.

색 잃고 힘없이 떨어질 때
곧 바스러질 것도 보았나 보다.

미안, 겨울은 언젠가 와 버려.

또 어제보다 차가워진 도로는 깜깜하고
그 위에 누워 뒤척이는 잎들은
초여름이 어제 같아 운다.

겨우내 숨겨 줄까 하나 줍는데
내 집게손도 너에게는 억셌다.

홍시

잘 익어 홍시 같은 네 생각이 나서 난 가슴이 뗍다.
너는 또 물러 터지고, 단내를 풍기고,
단단해지려는 내 나무를 흔든다.

자꾸만 왜

이유 없이 슬퍼져 억지로 잠을 청하지 않던 새벽도 결국
불운한 하루의 연장이었다.
틀에 박힌 생활이 싫어 발버둥 쳐 봐도 틀에
갈려 나가고 있는 꼴이었다.
나를 잡아먹었던 것은 우울함이 아니라 무기력에 가까웠고,
불안은 불안을 먹고 무럭무럭 자랐다.
그곳에서 내 많은 글이 탄생했다.

소모적인 일이라고 생각했다.
죽은 생화를 지금까지 잊지 못하는 것,
여름옷을 아직도 정리하지 못한 것,
이 시간이 되도록 자지 못하고 깨어 있는 것,
전부 나를 갉아먹는 일이다.
나는 무엇을 위해서 쉽게 잠들지 못하고
이 불운한 밤에 깨어 있는 걸까.
왜 자꾸만.

전하지 못한 말

아무 말이나 뱉어 내야 했다. 무슨 말이라도 좋으니까,
떠나가는 당신의 등에 대고 무엇이라도 씹어 뱉어야 했다.
너를 붙잡든, 그렇지 않든. 내 가슴속 가득히 차오른 언어 중
무엇이라도 뱉어 내야 숨통이 트일 것 같았다.
한참 동안 입술을 달싹이고 서 있었다.
네 단단한 뒷모습이 점이 되어 사라지도록 황망히 입술을 움직였다.
무엇이라도 목소리를 내어야 하는데
근원 모를 설움에 목이 메어 목소리가 나오지 않았다.
얼굴을 비참하게 떨구고는 너덜너덜해진 입술을 물어뜯고
결국에야 목소리를 밀어 내었다.

사랑해.

당신의 모습은 이미 떠나간 지 오래였고
전하지 못한 서글픔이 볼을 타고 흘렀다.
네가 떠나가겠다면 붙잡지는 않겠다.
구차하게 그 등에 대고 가지 말라 말하지는 않겠다.

그저, 못다 한 말이라도, 이 넘쳐나는 마음이라도
한가득 퍼다 전해 주고 싶었다. 나는 네가 어느새 좋아져서
감정이 흘러 흘러 나를 짓뭉개 버려서
그래서 가슴이 울컥하는데. 네가 너무 좋아서.

차오르다 못해 넘쳐 버린 말마디나 주워 가지,
붙잡지는 않을 테니 그냥 한마디만 듣고 가지.
내 볼을 적시는 액체가 흘러넘친 내 마음인지
그도 아니면 전하지 못한 설움인지. 답을 알 길이 없었다.

나는 차가운 밤공기가 양어깨를 묵직하게 눌러올 때까지
너덜너덜해진 내 입술 새로 흘러나오는
한 마디만을 곱씹고 서 있었다.

어쩌다 보니

어쩌다 보니

잃어버렸던 마음을 잃어버린 줄도 모르고 있었다.

네가 내민 손을 잡아 버렸을 때 심장은 늘 그 자리에 있었다고

소리치듯 쿵쿵거리기만 했다.

그 달콤한 설렘에 현기증 날 만큼 어지러웠다.

꿈속을 거닐 듯 너의 세상을 휘젓고 다니던

그날들의 나는 어디로 간 걸까. 너는 어디에 있는 걸까.

어쩌면 우리라는 자리는 애초에 없었고, 내가 있는 여기도 아니다.

바라보는 그곳엔 네가 없었음이고 내가 없었음이다.

서로 필요충분의 조건은 애초에 없었을 뿐이다.

나 혼자만의 공간이 있었고,

그곳에 너를 강제로 세워 두고,

우리의 자리라고 나는 생각했다.

정작 너는 다른 자리에 서 있는 줄도 모르고.

빛바랜 추억

별것 없는 인생을 살아간다고 생각했지만
그래도 잠깐씩은
마냥 즐거워 보이는 순간도 있었다.

감정과 기억은 휘발되었지만
그래도 추억이라는 이름을 가진 그 순간을 바라보며
마냥 상념에 잠기곤 했었다.

조금 슬픈 것은,
그렇게 반짝거리며 빛나던 것들도
시간이 지날수록 빛이 바래진다는 것이었다.

사랑

사랑 없이도 행복한 날들을 분명 보냈는데
그 속에서조차 나는 사랑을 갈구했다.
내가 사랑할 사람을, 정확하게는 나를 사랑해 줄 사람을
끊임없이 찾았지만 나도 상대도 진심이 아니었다.

연애하고 싶다는 말은 사람이 아니라 사랑에 진심이라는 말.
꽉 차고도 넘치는 그 감정을 다시 가지고 싶다는 말.
그때 과분하리만큼 행복했으니까
다시 그럴 수 있지 않을까 하는 일말의 기대.

거기 영원히 안주하고 싶었다.

길

어디로 가야 하는지에 대한,
내 물음에 제대로 답해 준 이는 아무도 없었다.

어렸을 때는 크면 알게 될 거라는 이야기를,
커서는 그건 네가 알아서 찾아야 한다는 이야기를 들었다.
지금 생각해 보면 사실, 아무도 어디로 가야 하는지 몰랐기 때문에
그런 것이 아니었을까.
나는 아무렇게나 생각하면서 제법 차가운 바람이 부는 카페 안에서,
밖의 풍경을 멀거니 바라본다.
밖에는 그 누구도 보이지 않지만
내가 보지 않는 곳에서는 모두가 길을 찾아 방황하고 있을 것 같다.

유성

이 순간을 위해 세상 모든 빛이 숨을 죽이고 있는 것 같았다.
눈을 감은 건지 뜨고 있는 건지 모를 만큼 새까맣게, 물든
어둠 속이 무섭지 않았던 유일한 순간이었다.
가장 짙은 검은색으로 깔린 어둠 위에 가장 눈부신 별들이 마구
흩뿌려져 있었다.

서로 대비되면서도 조화롭게 섞여 만들어지는 오묘한 분위기에
압도당하지 않기란 어려운 일이었다.
끝없이 펼쳐져 있는 반짝거리는 것들은
어둠 속에서 이목을 끌기에 타고난 것들이다.

그 자리에 존재하는 것만으로도 모두가 바라봐 주는 존재는
피곤할까. 그럼에도 눈을 떼지 못하는 건 내 의지로 되는 일이
아니었다. 숨소리와 풀벌레 소리밖에 들리지 않는
적막한 어둠 속에, 태어나서 처음 마주한 수많은 별.
검은 하늘 속에 촘촘히 박혀 있는 반짝거리는 점들의 위를,
아주 잠깐이지만 가느다란 선이 스쳐 지나갔다.
이쪽은 볼 생각도 하지 않고 제 갈 길만을 바삐 찾아가고 있었지만,

소원 하나쯤은 충분히 꼬리 끝에 달아 줄 수 있는 시간이었고,
마구잡이로 쌓여 있는 수많은 이들의 소원 위에
내 소원 하나 더 없는 것쯤은 일도 아니었다.

하지만 간절히 바라는 정도가 무게에 비례한다면
비록 하나뿐인 내 소원이지만 남들의 열 배는 더 나갈 것이어서
그렇게 하지 못했다.
네가 더 빨리 떨어져 버릴까 봐 그러지 못했다.
그렇다 해서 네가 날 기다려 주진 않았지만,
너의 품에 안겨 있는 소원들이 너무 무거운 탓이라고 해도
너무 짧은 만남이었다.

다시 만날 수 없겠지만, 그때 빌지 못했던 소원은
널 더 오래 볼 수 있게 해달라는 것이었다.
너와 그리고 또 다른 너 모두를.

연극

시간이 흘러, 피아노가 재즈를 연주하고, 배우는 화려하게 연기했다.
둘이 더 이상 함께하지 않는 것에 그 이상의 이유는 없었다.
어쩌면 일어났을지도 모르는 미래를 위한 시간이 지나면,
모든 가능성은 노래 한 곡에 끝나 버릴
짧은 상상으로 막을 내렸다.

마치 연극 같고 영화 같은 한 편의 이야기처럼.

쉬는 날

이틀째였다.

아니, 삼 일째였나. 휴무의 시작부터 끝까지 그 시간을 그저 바라보는 데 썼다. 그다지 특별하지 않은 그 시간은 고요한 시간으로 만들어 내는 데에는 많은 힘이 들지 않았다. 그저 주어진 시간을 기다리는 것, 그리고 일상의 무료함을 누워 있는 자세를 바꾼다거나 창가에 다가가 햇살을 느끼거나 머리를 굴리는 등의 조용하지만 의미 있는 행동으로 채워 갈 뿐이었다.

어쩌면 주말 혹은 평일은 나에게 의미가 멀어져 갔고, 남들에게 주말 혹은 평일은 자본주의가 만들어 낸 말장난에 불과할 수 있겠다는 생각이 들었다. 우리가 일상에서 일과 분과 시를 나누고 그것을 다시 더하여 주와 달을 만드는 것에 무슨 의미가 있을까. 그저 누군가 모두에게 공평한 시간을 써먹기 위해 만들어 낸 고도의 사기는 아닐까.

쉬는 날에 의미 없이 보내기는 싫어서 헛된 생각을 해 보았다.

의미

너에게 아무것도 한 게 없어서
마음에 작은 창을 내어 손을 내밀어 본다.
아무것도 돌아오지 않을 줄 알면서,
돌아온 빈손이라도 감사하며 지낸다.

넌 내게 아무것도 한 게 없는데,
난 왜 그 사소함이 마음에 걸리는지.
네가 나에게 아무것도 아닌 게 아니라서,
무의미한 모든 게 너로 인해 유의미해진다.

결국은

결국은, 포기하게 되는 것은 나의 감정이었다. 사랑도 애정도 질투도 욕심도 여지없이 모두 내려놓을 수밖에 없었다. 단 하나라도 오롯이 끌어안았어야 했었다. 뒤늦게 감정들을 끌어모았지만 이미 너무 늦어, 찌꺼기 같은 파편들만 엉망진창으로 모아 놓게 되었다. 이 황량한 토양에서도 씨앗은 싹을 틔울 수 있을까. 부정적인 생각이 들었지만 기다리는 것 외에는 방법이 없었다. 이번에는 지켜 내 봐야겠다. 자라난 새싹이 묘목이 되고 꽃을 피우고 열매를 맺는 그 일련의 과정을.

밤하늘

하늘연달의 밤하늘과
밤바다의 경계선이 허물어지는 시간은
모든 것이 심연 같았다.
어디가 바다이며 하늘인지 구분하지 못하여도
물고기는 하늘에서도 헤엄쳤고
별들도 달과 함께
바다로 떨어져 빛나고 있었다.
지금, 이 순간만큼은
모든 것은 한 울타리 속에 있었고
까막별조차 눈에 담기니
눈물에서조차 은하수가 흐르는
하늘연달의 밤하늘이었다.

한가한 오후

머릿속이 징징 울려 대고 원인 모를 울렁거림이 내 몸속을 흐른다. 그 무엇에도 집중할 수 없고 그 무엇에도 의욕을 불태울 수 없다. 헤아릴 수 없을 만큼 무수히 흘려보낸 시간 속에서 그 어떤 것도 해낼 듯한 자신감을 담아 띄워 두었던 계획들은 마치 어디론가 떠내려간 듯 고요하게 자취를 감추었다. 머릿속은 이 답답한 장벽을 깨부수기라도 하려는 듯 손을 뻗어 보지만, 내 손은 그것을 무시한 채 그저 하나의 작은 기계만을 붙든다. 이 조그마한 화면 속에서 온갖 화려하고 흥미로운 장면들이 나의 눈을 가리고, 나의 귀를 막으며 마치 이 모든 것을 나에게 쥐어 줄 듯이 속삭이며 나의 시간을 퍼내어 간다.

이 모든 것을 인식하고 있음에도 내 몸은 이 올가미를 뿌리치지 못하고, 내 현재의 시간과 미래의 가능성을 불태워 가며 달콤한 환상 속을 헤엄친다. 결국, 모든 것을 고갈시키고 눈앞도, 창밖도 어둑어둑해지면 그제야 작은 감옥 속에서 빠져나와 다시금 불태울 연료들을 만들기 위해 눈을 감는다. 이 모든 것은 한가한 오후, 느긋하지만 빠르게 흘러가 버린 내 시간의 기록이다.

안부

행복하냐 물을 때면 그냥 웃어 보일 수 있어.
행복하지 않냐 물으면 아무런 표정 짓지 않은 채
그냥 넘길 수 있어.
무던한 마음으로 지내고 싶은 생각에
어떠한 안부도 묻지 않았으면 하는 생각에
빙긋이 껍데기의 미소를 띠워 낼 뿐.
아무 답도 할 수 없는 사람에게
어떻게 지내냐는 물음만큼 무심한 인사는 없다고 생각해.

사랑의 또 다른 말

이해할 수 없어서 멀리한 게 아니라
이해하기 싫어서 무관심했던 건 아닐까.

날 향한 사랑에 그랬고,
내가 주었던 사랑이 그랬었지 않을까 하는 생각이 들었다.

사랑을 사랑으로 받았던 지난날엔 무심결에도 알지 못했던 마음들
이 이제는 모두 말라 마음 한편에 작은 조각조차 남아 있지 않은 지
금, 모든 것이 뚜렷하고 명확하게 보인다. 누가 나를 사랑했고 누가
나의 사랑이었는지. 그렇기에 마음껏 사랑하지 못한 것만이 아쉽고,
현재의 나를 더 돌아보게 된다.

결국, 사랑의 반대가 무관심이라는 것과
사랑의 또 다른 말이 이해라는 것을.

평등

내가 가진 무게와 당신이 가진 무게를 합쳐
하나의 삶을 만들고 싶었다.
그 삶의 무게는 어쩌면 더 무거워질 수도 있다.
어쩌면 수면 아래로 가라앉을 만큼,
육중하게 짓누르는 바위가 될 수도 있다.

괜찮다고 생각했다. 홀로 하늘에 떠 있는 것보다는
함께 바다로 밀려들어 가는 것이
더 행복한 선택이 되리라 생각했다.

나는 가라앉았고, 당신은 떠올랐다.
같지 않은 무게는 섞일 수 없는 삶을 만들었고,
불평등하게 나는 가라앉았다.
그래, 가벼운 마음으로 떠오른 너는
그만큼이나 홀가분하고 자유로웠구나.
감정의 저울은 기울었고 책임의 평등은 깨졌다.

창가

우리 집 창가는 꽤 햇빛이 잘 들어오는 곳이라서
가끔 그 빛을 보고 있었고,
햇살을 푹 뜨면 밝은 빛들이 담길 것만 같았다.

어느 날 당신은 그곳에 유리컵 하나를 가져다 놓았다.
나는 무엇이냐며 물었고,
당신이 대답하길 빛을 모으고 있다고 말했다.
나는 그 대답에 코웃음 치며
빛은 그런 곳에 모이지 않는다고 했지만,
그런데도 그 유리컵은 그곳에 그대로 남아 있었다.

어느 비 오던 날 술에 정신을 맡긴 채 들어온 나는
없는 당신의 흔적을 찾으려 애쓰다가,
유리컵 안에 들어 있는 슬픈 빛을 꾸역꾸역 마셨다.

어렴풋이

어렴풋이 과거의 기억이 떠오르면
나는 현실을 똑바로 마주하는 일을 그만두고
온전히 그 기억 속에 빠져들고 싶다.
지금이 미래에 그런 과거가 될지라도
나는 언제나 완벽한 과거만 찾는다.
예견된 행복과 슬픔은 재미가 없을지는 몰라도 받아들이기는 쉽다.
새로운 에너지를 쏟아야 하는 일을 피하는 지경에 이른 것 같다.
과거는 이미 일어났다.
이미 지나간 시간 속을 유영하는 건 어려운 일이 아니다.

다만, 과거와 현재의 경계 안에서의 시간은 흐르지 않았고,
그래서 고통스러울 뿐이다.

책을 사는 이유

책을 사는 행위는 현실에서 소유하지 못하는 것을
어떻게든 소유해 보겠다는 탐욕의 결과에서 나온다.

나의 경우는, 언제든지 사람에게 말을 하고 싶고,
언제든지 사람이 하는 말을 듣고 싶으나
언제든지 불러낼 만한 사람은 현실에 없기에,
내가 겁이 많고 눈치 보기 바쁘고, 미안함이 많아서
내 욕심을 위해 남의 시간을 뺏는 것이 불편하기에,
책을 산다.

내가 모르는 어떤 한 사람과의 대화를 구매하는 것이다.
내가 원할 때면 언제든지 그 사람의 이야기에 젖어 들 수 있고,
내가 원할 때면 언제든지 그의 이야기에 내 생각을 달아 줄 수 있다.
내 생각은 실제로 그에게 닿지 못할 것이기에 일방적이고 불완전한
소통에 만족해야 할 테지만, 그래도 괜찮다.
그의 시간을 빼앗지 않고도 그 사람의 내면을 들여다볼 수
있다는 것은 나에겐 너무나도 고마운 일이어서.

갈대

내 속이 너무 허전하고 마음이 약해서
네가 내게 불어올 때 이리저리 흔들렸어.
네가 나를 스쳐 저리로 가면 나는 따라갔고
네가 잔잔할 때면 나는 그저 네가 오기만을 기다렸어.
하루는 너라는 바람이 세게 불어와 나를 간지럽히더라.

나는 갈대였고
너는 바람이었어.

언젠가 내가 아니라
다른 갈대를 간지럽힌다는 걸 알았을 때, 난 유일한 갈대가 아니라
갈대밭에 있는 갈대라는 것을 알았을 때,
그저 그뿐이었어.

나는 갈대였고
너는 바람이더라.

술자리

그날 밤 술자리에서 우리가 어떤 이야기를 나눴는지 기억이 희미하다. 나이가 든 걸까? 술을 너무 많이 마신 걸까? 기억이 나지 않을 만한 시시콜콜한 이야기를 나누었던 걸까? 뭐 아무렴 어때.
이런 것은 중요하지 않다.

그때 그 따뜻한 분위기와 서로를 바라보는 눈빛이 기억날 뿐이다. 아, 음악도 어렴풋이 기억난다. 때론 감성적이었고, 때론 신났었지. 의미가 없던 술자리였다고 누군가 평할지 모르지만 우린 서로에 대해 더 알아 갔고, 마음속에 있는 이야기를 나누며, 위로받고, 포근하고 좋은 시간을 보냈다. 마음 한편이 편안함으로 가득 찼고, 따뜻함과 행복으로 가득 차서 몽글몽글한 마음을 가졌던, 그런 밤이었다. 그렇게 보낸 이 시간으로 또 며칠을 힘내서 살아가겠지.

불공평

신은 불공평하다. 그 말은 어쩌면 수많은 불합리를 경험한 이들의 입에서 어쩔 수 없이 튀어나오는 원망의 말일 것이다. 그러나 그것을 꼭 세상이라는 넓은 범위로 보지 않고 개인의 삶이라는 지극히 좁은 범위로 보아도 결과는 달라지지 않는다. 신은 불공평한 듯 보이고, 삶은 더더욱 불공평하다.

삶은 불공평하다. 제아무리 삶이 행복과 슬픔을 동시에 지닌 것이라 해도, 그것이 가진 불공평함을 인정하지 않을 수는 없다. 삶이 주는 행복이 아무리 커도 그것은 삶을 그래도 살 만한 것 정도로 만들어줄 뿐이다. 그 어떤 행복한 삶보다도 고통 없는 죽음이 더 매력적인 것임이 틀림없으니 말이다.

그러나 슬픔은 그렇지 않다. 슬픔은 그 삶조차 버틸 수 없는 것으로 만들어 버린다. 그리고 이전까지의 모든 행복까지도 죄 집어삼키는 듯하다. 삶이 주는 행복이 얼마나 컸던, 죽을 것 같은 슬픔 앞에서는 아무런 힘도 발휘하지 못한다. 차라리 죽는 것이 낫다고 연신 욕지거리를 내뱉는 것을 멈추지 못한다.
의미 없는 움직임만 가득한 몸뚱이와 불안한 미래를 갖고, 문득문득 차라리 죽는 것이 나을 거라고, 생각할 때가 있다. 그것이 무슨 의지적인 행위는 아니다. 그저 습관처럼 떠오를 뿐이다. 그리고 여전히 그 말에는 동의하며 사는 것 같다.

죽음은 평안이지만, 만약 신이 내게 지금 당장 고통 없이 오겠냐고 묻는다면 조금은 고민해 볼 것 같은 하루다.
아직은 꽤 괜찮은 것 같다.

진공

숨 막히는 기류 속에 정신이 아득해졌다.
수면 아래에 잠겨 침식하는 기분이었지만
이상하게도 축축하고 차가운 느낌은 없었다.
허파에 천공이 생겨도 이만큼 허하진 않았을 거다.

찰나의 침묵에 섞인 영원의 시간이 끝나고
고작 서 있는 것조차 버거울 정도로 후들거리던 다리는
굉음과 함께 빨려 들어가 바스러졌다.
이미 내가 쓴 글의 띄어쓰기 한 칸 한 칸마저
호흡을 의식하며 안절부절못하는 꼴이 꽤 볼 만했다.

제 손으로 쓴 글마저 이겨 내지 못하고 내가 만들어 낸
생각마저 견뎌 내지 못해 그저 구멍 뚫린 마음속에
애꿎은 손가락만 휘적거린다.

멈춰 있다

명확하게 집어 낼 수는 없었지만, 언제부턴가 나의 영혼이 멈춰 있음을 느꼈다. 막연한 불안감과 무의미한 권태로움이 나를 가로막고 서 있었다. 고인 물이 천천히 썩어 가듯, 나의 영혼도 점점 정체되어 그런 절차를 밟을 것이 분명했다.

앞가림할 수 있을 사람이 될 때까지만 부모님의 의견과 함께하는 것도 나쁘지는 않다고 생각했다. 하지만 그때부터 막상 독립하여 혼자의 삶을 챙기며 살아가는 찰나의 순간에, 이미 중요한 것들은 하나둘씩 잃어버리고 만 것이다.

시간이 있으니 하고 싶은 것은 천천히 찾아갈 수 있으리라는 근거 없는 자신감은 대체 왜 있었을까. 조그만 관심도, 사소한 시도도 모두가 다 용기와 기회비용이 있어야 했다. 이것은 이래서 하고 싶지 않고, 저것은 저래서 하기 싫어서 저만치 치워 놓았다. 어디서부터 잘못되었을까.

멈춰 있는 내 영혼을 다시 날리기 위해서는 어떻게 해야 하는 것일까. 골똘히 생각했지만, 결론은 나오지 않았다.

만약

모든 게 잘못됐다.
구시대적인 해프닝
허구적 존재를 사랑하는 법
모든 게 잘못됐다.

비밀이라고 떠도는 비밀
입 밖에서 맴도는 소리
구린 앨범의 좋은 수록곡

인격을 분리해 버린 사람
전제 자체가 없는 곳
가설이란 것에 믿음을 부여하는

모든 게 잘못됐다면.

다르다는 것

문득 어제의 나와 오늘의 내가 다르다는 것이,
내일의 내가 어디에서 어떤 글을 써 내리고 있을지 모른다는 것이,
나의 마음이 이따금 미처 예상치 못했던 방향으로 흘러 버리고
미처 상상하지 못했던 크기로 부푼다는 것이,
내가 마주할 하루들에 생각지 못했던 순간들이 얹어질 거라는 것이,
나의 미래가 아직 어딘가에 정박하지 않았다는 것이,
내가 누구인지에 있어서 여태 아무것도 결정되지 않았다는 것이,
숨이 차도록 경이로울 때가 있다.

그저 내일의 하늘 무늬가 오늘의 것과 조금 달랐으면,
오랫동안 마주치지 않았던 사람과 우연히 눈을 마주칠 수 있었으면,
안 적 없는 것에 불현듯 중독되었으면,
익숙한 장소에서 익숙하지 않은 경험을 할 수 있었으면,
익숙한 사람과의 대화 속에서
익숙하지 않은 감정을 발견할 수 있었으면,
앞으로 살아갈 시간에 딱 그 정도의 설렘만 있었으면.

회상

복잡하다.
잠동사니를 모아 둔 보따리에
가시 박힌 심장을 얹어 놓았다.

담백한 풀들이
입술에 흩어지며
숨결과 함께 내뱉어진 때.

그때가 그리워져서
마음속 오래된 일기장을 들췄다.
퀴퀴한 마음만 남았다.

부쩍 질문만 늘어 가는데
나는 대답을 하지 못하고 있다.

다시 멍청한 웃음만 지을 게 뻔하다.

편지

사람과 진솔한 마음을 나누길 청할 때
편지의 성실한 마음만 한 게 있을까.
요즘은 차가운 메시지라는 것들로 숨 막히는 거친 말투만 나누는데,
편지로 전해진 사랑이란 건 최소한 따듯하고 온화한
그리고 누가 들어도 녹아내릴 단맛으로 전해진다.

너는 마치 달콤한 향을 탄 술처럼
계속 다가가면 결국, 속만 아프고 나를 취하게 해 버려.
가림 없이 말하자면,
한 치의 거짓 없이 순한 사랑을
과분하게 받아 보고 싶은 맹한 사람이라
편지의 끝말은 늘 고민으로 남고,
다음을 기약할까, 이별을 맺을까.
남 의견이 있을까 싶은 짧은 생각의 결말은
다음도, 이별도 의미는 없을 거 같다.

벽

고개 하나 빼꼼히 내민 창문에서
푸른빛이 잠시 눈에 비친 적이 있습니다.
바닥을 누르고 방충망을 걷어 내어
새벽 공기 마신다고 앞 건물의 벽 시멘트를 맡았습니다.
어쩌다 보니 두 팔 벌려도 가려지지 않은 창문에
가로등이 비치고, 창이 비치고, 그림자가 비칩니다.
한 점 그림 같은 빛이 두 눈에 마구 들어오는데,
사람 사는가 싶은 생각이 들어 잠을 못 이룹니다.
밤이 분명한데 구름이 잔뜩 끼어도 밝은 것이
어느새 새벽이라고 동이 트기 시작합니다.
첫 방은 텅텅 비어 가을의 빛을 온전히 받지만
열정이 타오르기엔 빛은 오래 머물지 못합니다.
감사의 인사는 허공에 떠돌지 않게
앞 건물의 벽에 살포시 떠들어 인사를 드립니다.

작은 소망

푸르던 하늘을 붉은빛으로 길게 물들이며 이내 지고 만다. 찰나라고 하기엔 조금 긴 그 시간을 더 오래도록 붙잡고자. 내 것이 아니었던 베란다의 끝 쪽을 서성거리던 기억이 어렴풋하게 남아 있다. 석양의 시작과 끝을 한순간도 놓치지 않고 보고 싶었던 나의 오래전 소망은 어느덧 점점 잊혀서 추억으로만 존재했다. 석양이 보일 정도의 풍경을 가진 보금자리를 만들려면 어떤 게 얼마나 필요할까. 석양이 시작되는 때에 집에 있으려면 어떻게 해야 할까. 작다고 생각했던 소망도 현실로 만들려면 생각보다 많은 것을 포기하고, 더 많은 것을 가져야만 했다.

별

불볕더위가 맹위를 떨친 지가 엊그제 같았는데,
벌써 서늘한 바람이 느껴졌다.
나는 밤공기를 맡으며 거리를 돌아다녔다.
무엇을 해야 하는지 일절 모른 채
그저, 밤하늘을 보며 생각을 해 봤다.

나의 앙증맞은 마음에, 도시 하나를 품었다.
점박이 달이 파랗도록 붉게 풀을 비추고,
침묵이 계속되는 하늘에 물 한 방울 떨어뜨리고,
맑은 호수에 검은 별 몇 개를 방생했다.
호수를 통해 아득하게 먼 우주를 들여다봤다.
바람에 따라 흐릿하게 보이던 우주에는 별들이 자취를 감췄다.
이내 잠잠해져 바라본 우주에는 어디에도 없던 별 하나가 보였다.
이별이었나.

구름

하늘이 유독 맑고 구름이 예쁜 날이면 네게 문자를 하고 싶었다.
좋은 날마다 내가 생각났으면 좋겠다는 심보였다.
혼자 하는 말을 풀고 풀어 해석한다면 보고 싶다는 말이 되었다.

답장을 기다리는 동안 멍하니 구름이 흘러가는 것을 보고 있으면
괜히 욕심이 났다. 저 구름이 당신에게 흘러가 닿으면 좋을 텐데

가을은 왔고, 홍시 같이 물러진 마음을 닮아 구름은 그만큼
약했고,
내게는 너무 멀리 떨어진 구름이었다.

집

'집에 가고 싶다.'라는 생각이 드는 것은 어디에서 우러나오기에 날 이리도 처지게 하는지. 나의 안락한 집임에도 저 고약한 생각 때문에, 쉬어도 여전히 지쳐 있는 상태가 반복된다.

그러다 어느 순간, 집은 안락하지 않을 수 있다는 느낌이 들었다. 아무리 집 안에 서식하는 이불이지만, 가끔은 세탁기에 돌려져 바람이 서늘하게 불어오고, 쨍한 햇볕이 내리쬐는 초록빛 옥상에 말려지고 싶은 마음이 있다. 집게를 빼어 내고 탁탁 털어서 품 가득히 날 안은 느낌, 계단을 내려올 때 오래된 건물 속 정겹게 맡아지는 퀴퀴한 냄새, 끼익 하는 현관문을 열 때, 포근한 공기가 날 반길 때, 이 모든 흐름은 두 손을 활짝 벌려 숨이 가득 찰 정도로 들이마셔도 버겁지 않다. 너의 품, 손길, 공간, 냄새 그저 그 분위기 자체가 나와 집을 안락하게 만드는 것임을 느꼈다.

그렇게 가만 생각해 보니 아침을 맞이한 지 어느새 한 시간인데 이제야 창문에서 흘러나오는 빛이 새삼 궁금해졌다.

이불은 여전히 바닥에서 뒤척인다.

잊은 말

흐느끼며 용서를 속삭이는 너를 보고도 큰 감명이 들지 않았다.
덤덤했다. 아, 오히려 조금은 꽤씸한 기분이 들었을지도.

그저 말없이 나는, 너와의 일을, 너의 미소를, 너의 눈물을
하나하나 쌓아 올리듯 묻어 냈다. 외면하듯 밀어냈다.
내게 용서를 비는 너에게 잊었다고 속삭이었지만,

차마 너를 용서했다고 말해 줄 수는 없더라.

나는, 거기까지더라.

망각

나에게 마음의 울렁임을 망각하게 하는 것들이 두렵다.
반복적이고 건조한 일상에 서서히 묻혀 갈 때
시험이나 일로 인해 숨 돌릴 새 없이 바빠질 때
지친 사람들의 생기 없는 눈동자를 맞닥뜨릴 때

불안하다. 나를 잊을까 봐 불안하고, 나를 잃을까 봐 불안하다.
그땐 기를 쓰고 나의 존재를 확인해야만 한다.
내 마음이 아직 살아 숨 쉬고 있다는 걸 증명해 줄 무언가를
찾기 위해 밖을 헤맨다.
좋아하는 사람과 함께했던 장소에 앉아 보기도 하고,
날 사로잡아 줄 글을 찾아 서점 안을 오랫동안 서성이기도 하고,
꽂힌 노래 한 곡을 반복 재생해 놓고 하염없이 듣기도 한다.

회색 세상에서 마음을 보호하고자,
소중한 타인의 마음을 소생시키고자,
방심하면 마음이 타인에 의해 죽을 수도 있는 시대에서
어떻게든 살아가고자.

귀가

나의 안식처는 어쩌면 사람일 수도,
사랑일 수도 있다고 했지만,
아무도 없는 불 꺼진 방 한편이
가장 그리운 이유는 대체 무엇인지.
그런데도 돌아가는 걸음마다 왜 눈시울은 붉어지는지
정말 아무 걱정 없이

그저, 사랑만 하고 싶은 나날이었다.

숨소리

어둠이 걷히고 동이 트며 세상이 채도를 높이는 시간.
뒤척이는 잠을 깨우고 창문을 내다보고 있다.
이쯤이면 건너편 회색 건물 옥상에서는 김이 모락모락 피어오르고,
각자의 쉼터에서 일터로 떠나는 이들의 소리가 들릴 때도 있다.
풀벌레 우는 소리가 들린다. 밤이 되면 들리기 시작해서
이 시간까지 계속된다. 저들은 그 시간대에만 우는 걸까.
아니면 종일 울며 사는데 이렇게 세상이 고요한 시간에만
목소리가 들리는 걸까. 아득한 어딘가에서 알람이 울리는 것 같다.
나는 다시 누워 작은 소리를 들어 본다.
이따금 새소리도 들리고 이른 시간에 이사를 오는 건지,
이제 떠나는 건지, 짐을 바삐 옮기는 소리도 들린다.
떠나는 길이라도, 떠나온 길이라도
좋은 추억들을 갖고 새로운 곳에서도 좋은 기억으로
출발하길 바라 본다.
나는 가만히 누워 이렇게 이른 아침 세상의 소리를 듣고 있다.
하나하나 어울려 세상 자체가 되는 소리를,
세상이 숨 고르는 소리를.

응원

상대방을 사랑하는 것은 상대방의 장애물을
대신 넘어 주는 것이 아니다.
상대방의 장애와 수고를 그 옆에서 지켜봐 주고,
격려해 주고, 끝내 그 장애와 수고를 모두 마칠 수 있게
곁에 있어 주는 것이다.
나는 때로 내 안에 조급함 때문에 상대방의 성장을
방해할 수 있다고 생각했다.
상대방의 아픔과 시간을 덜어 주는 것이 정말로
사랑하는 것이 아니었음을.
진정한 사랑은 옆에서 같이 견디어 주는 것, 함께해 주는 것,
상대방의 방황에 끝이 있음을 믿으며 끝까지 기다려 주는 것이
어쩌면 상대방을 사랑하고 응원하는 것이 아닐까.

초심

모든 것은 변한다는 명제를 제외하고는 모든 것은 변한다.
1초 전의 나와 지금의 내가 다르듯.

나의 초심은 그 명제의 예외일 것으로 생각한 건 아니지만,
막상 그 초심이 어디론가 사라지고 말았다는 것을 느낄 때면
소중한 것을 영영 잃어버린 것 같은 느낌에 휩싸인다.
애초에 설렘과 환희, 긴장과 초조 같은 것으로 잔뜩 점철되어
온전한 형체조차 없던 그것이 그리운 건 왜일까.

어쩌면 다시는 가질 수 없을 것이라는 애절함이 별것 아닌
그것을 더 가치 있게 만들어 준 것이 아닐까.

아니면 이제 더는 가질 수 없게 되어 버린 그것을
여우의 신포도 취급하려는 알량한 자존심을 비집고 나오는
초심에 대한 나의 본심일지도 모른다.

폐가

그날은 비가 잔뜩 내리는 날도 아니었어요. 구름 낀 날도 아니었고
요. 그냥 평소같이 정말 파란 하늘 위 따스한 햇볕이 내려앉은 그런
날이었어요. 우리 집은 그런 따스한 날에 망가졌어요. 무너지고 먼
지가 쌓여 희뿌옇고 따뜻한 공기에 폐가 조금씩 아려 왔어요.

심장은 빠르게 뛰었고 우리 집은 그렇게 내 심장 소리에 맞춰 우르
르 무너졌어요. 나는 이미 폐가가 된 우리 집을 쓰다듬었어요. 울었
고, 안아 줬어요. 이미 무덤에 들어갈 준비가 다 된 우리 집을 나는
보낼 수 없었을까요. 그 집도 아마 폐가 아파서 무너졌을 거예요. 지
금은 눈곱만큼도 보이지 않는 연기 냄새.

그래, 그 집이 피웠던 담배꽁초를 다시 보고 싶어요.

폐가 한 번 더 아려 온다 해도.

인생

감히 살아온 날이 얼마나 돼서 인생을 말하겠느냐만
지금까지 살아온 인생에서 느낀 걸 풀어 보자면,

인생은 선택의 연속이다.
우리는 가끔 잘못된 선택을 하기도 한다.
하지만 그 선택이 때로는 의외의 결과를 낳기도 한다.
그러기에 우리가 단정 지을 수 있는 것은
애초에 존재하지 않았다.
그저 그럴 거로 생각하는 것뿐.

우리가 알 수 있는 것은 제한적이다.
서로를 비판하고 판단하고
그렇게 단정 짓는 것은 의미가 없다.
오히려 우리를 파멸로 이끌고 자멸로 인도한다.

따라서 그렇게 살아온 이들은 어리석다.
자신들의 괴멸을 모른 채 비판을 일삼고 단정 지으며,
그것이 영원할 거라고, 생각하며 온갖 망상에 빠져 있기 때문이다.

나는 가끔 그런 세상을 꿈꾼다.

모두가 모두를 위하고, 나와 다르다고 배제하지 않고, 비판하거나,

단정 짓는 것이 아니라, 나와 다르다는 것을 인정하고 받아들이고,

오만과 편견의 가치관이 깨진 그러한 세상을.

이 간절함이 그리고 나의 진정함이 훗날 푸르게 빛날

그런 세상을.

소멸

선명한 너는 오늘이 붉은 가을밤인 듯한 착각을 일으킨다.
나의 가을은
대놓고 떨어지는 존재들이
바스락 소리를 내며 사그라지는,
무언가를 닮아 아프고 무언가를 닮아 사랑하는,
가끔은 사라지는 존재를 위해 눈물도 흘릴 줄 아는
그런 계절이다.

수천만 낙엽들은 그렇게 바닥에서 운명하고
나는 그들 위에서 손길을 건네지만
그들을 일으키지 못한다는 것을 알고 있었다.
가을이 짧다는 것은
그 짧은 공기의 흐름에 녹아 사라지는 것들이
내 약한 손길에도 바스러져 버리기 때문에.

가을바람

너와 나, 우리라는 추억의 나무가
봄 햇살 받으며 심겨 새싹을 피워 내고
여름의 바람과 단비를 맞으며 초록빛으로 물들고
어느덧 우리에게 가을이 찾아와
가을바람을 맞아 나뭇잎들을 떨쳐 낼 때면

우리는 어떤 모습으로 겨울을 맞이할까.

4.

겨
울
비

겨울비

눈은 소복하게 쌓이기라도 하지.
겨울비는 시리다 못해 잔인해.

이파리 떨군 나무는 있는 그대로
비바람을 따갑게 맞아 가며 흔들리고
그 밑에 옹기종기 참새들은
흘딱 젖은 채 속절없이 서로 기대고
부랑하는 고양이의 축축한 네 발은
제 몸 가누는 데도 버겁다

사람들은 팔을 들어서 막거나
우산을 쓰거나 처마 밑을 찾아다니는데
팔 없고 처마를 찾지 못하는 이들에게
겨울비는 잔인하다 못해 서럽다.

하얗게

차가운 이들이 모여 따뜻한 말을 건네는 공간 속에
새하얀 서리 같은 뿌연 입김이 내려앉았다.

나는 소맷부리를 손바닥 아래 움켜쥐고
그들의 눈동자만이라도 닦아 보려다 이내 손을 거두었다.

보지 않는 것과 보이지 않는 것의 차이를,
이들은 어차피 느끼지 못할 거라는 생각에서였다.

손바닥

내 손길이 지나가는 곳은 고작 그 정도 온기에도 눈송이들이
녹아 버려 물방울들이 툭툭 떨어졌기 때문에,
흐릿하게나마 바깥을 볼 수 있었다.
아무 의미 없는 심심풀이로, 손을 몇 번 휘젓고 나니
남아 있는 거라고는 듬성듬성 더럽지만 매끄러워진 표면뿐이었다.

하얀 눈송이를 치워 내니 바깥에는 이미 해가 져 검기만 한 하늘과,
바삐 걸어가는 사람들, 그 숨들의 하얀 연기,
따뜻한 실내와는 이질적으로 추워 보이는 겨울의 모습이 나타났다.
하늘에 사람들의 호흡이 둥둥 떠다니는 것이 마치
검은 도화지에 하얀 파스텔을 마구 비벼 놓은 것 같았다.

숨들 위로 금세 덮이는 어둠에 손을 휘저으며,
나는 글을 쓰듯이 손가락을 몇 번 꼼지락거렸다.
네가 생각나.
겨울 한숨처럼 다시 어둠으로 덮이면,
다시 쓰고, 또 지워지고.

관계

내가 당신에게 가지고 있는 감정은
미움이나 서운함이라고 하기엔 조금 가벼웠다.
그리고 당신이 나에게 가지고 있는 마음은 무엇이라고
좀처럼 설명할 수가 없었다.
그 관계는 사랑이라고 하기엔 너무 간지러웠고,
미움이라고 하기엔 웃음이 너무 많았고,
애착이라고 하기엔 너무 자유로웠다.
시간이 아주 오래 지나도 정확하게 서로에 대한 마음을
정의 내리지 못할 것 같다.
그러므로 또 확신이 드는 건,
아마도 오랜 시간이 지나, 생각나는 밤에
옅은 미소를 띠며 스쳐 지나갈 것 같다.

결핍

마음 한구석은 항상 채워지지 않아서
그 공간을 채우려고 부단히 노력했다.

아무리 갈구해도 밑 빠진 독에 물을 붓는 것처럼
감정은 채워지지 않았고, 그 과정에서 나는 지친 것 같다.
나와 함께 해 달라고 말하는 게 어려워서
오히려 마음에도 없는 소리를 내뱉으며 어린아이같이 굴었다.

결핍된 사랑은 한없이 모자라서 나는 오히려 사람에게
무관심한 듯 굴어야 했고
냉정하단 소리를 들어도 무던한 척했다.

진심이 아니더라도 이렇게 하지 않고선
버틸 수 없을 것 같았기 때문에
사람에게서 받는 상처를 도저히 감당할 수 없었기 때문에
사람에게 등 돌리는 것 말고는 할 수 있는 게 없었다.
감정의 고비가 오면 관계를 끊어 냈다. 이게 내 방어기제니까,
나를 지키기 위해 어쩔 수 없었다고 말하면 이해해 줄까?

이 이상으로 상처에 상처를 덧대면 치유할 수 없을 것 같아서
지금도 무덤덤하게 지내려고 노력한다.
감정의 낙폭을 견디기가 어려워서 보지 않고 듣지 않으며
나를 다스린다.

가식

달콤한 향과 차가운 불빛, 알딸딸하게 들어선 취기에
웃음과 비웃음이 출렁인다.
찰랑거리는 술잔이 한 번 맞닿으며 소리를 낸다.
위태롭게 당기는 입꼬리가 금방이라도
비틀릴 것처럼 짠.
이런 웃음은 얼마짜리 싸구려인지
문득 스치는 생각이 우습다.
화려한 불빛이 어두운 밤사이에서 빛나
죄 몇 푼어치 가식뿐인데.

단순하게

삶이 복잡한 문제로 가득 찰수록 나는 더 단순해져야 한다.
그렇지 않으면 견디지 못할 것을 알고 있기에 단순해지는
연습이 필요하다.
최대한 결론에 도달하는 경로를 줄여 생각하려고 한다.
처음 든 생각이 대부분 바르다고 여겨서 놓치지 않으려고 한다.
멍청한 결론에 다다를 수 있다는 단점을 갖고 있지만,
그 정도까지는 가지 않을 만큼 노력해야 한다.

단점을 가진 만큼 장점도 있다.
단순하게 생각할 때가 기회를 놓치는 일이 적다.
가끔은 무모하다고 여겨질 정도로 단순하게 생각해야 하는
경우엔 이 장점이 극대화된다.
그러니 상황에 따라 적당히 단순하게 생각하는 연습이 필요하다.
뭐든지 적당한 것이 가장 어려운 법이니까.

무채색 도시

안정되었다고 말했지만, 사실은 지친 것을 잘 알고 있다.

감정이 메말랐다고들 하지만 그 속의 아픔은
이루 말할 수 없는 것이다.

미세먼지 낀 뿌연 하늘은 입과, 코 그리고 그 속을
옥죄지만 우리는 그 속에서 입을 꾹 닫고 생활한다.
안정된 삶을 위해 다른 누구보다 숨 막히게
사는 걸 보면 헛웃음이 나온다.
남들이 이 정도 하기에 이 정도 더 했던 것들이
모여 다시금 흐트러진다.

각박한 무채색 도시 안 무표정의 우린,
살기 위해 무채색으로 물들어 간다.

무제

대답이 없는 것도 대답.
선택하지 않는 것도 선택.
이유가 없는 것도 이유.

무의식

이제는 인정해야만 하겠다. 인생은 힘들 수밖에 없는 것임을.
거의 모든 사람에게, 그저 생존하는 것만도 온 힘을 다해야만
이룰 수 있는 일임을. 나에게도, 아무리 낭만적인 말들을
읽고 쓰고 늘어놓아도 삶에 실존하는 고통은 한 움큼도
덜어지지 않는 것임을. 그리고 그럼에도 모두는, 각자의 이유로
그 삶을 이어 가고 있는 것임을. 누구도 나름의 힘듦 없이
그것을 그저 향유하고만 있지는 않음을 말이다.

작은 흔적

이제 나는 얼마간의 사랑과 그리움을 품고, 또 얼마간의 원망과 미움도 품고, 이만 덮으려 한다. 더 이상 페이지를 늘리지 않으려 한다. 이미 오래전에 그랬어야 했으나, 차마 그러지 못한 나의 이기심으로 끌고 오고야 말았던 이 이야기의 종지부를 찍으려 한다.

겨울이 가야 봄이 오는 줄 알았다. 한 계절이 가야 다른 계절이 비로소 고개를 들 수 있는 줄 알았다. 그래서 이 이야기를 하루빨리 보내고자 노력했었다. 그렇지 않고서는 다른 이야기는 시작할 수 없을 거라고 생각했기에.

그러나 계절의 순환은 그런 것이 아니었다. 오히려 다른 계절이 와야 이전 계절이 비로소 지는 것이었다. 거리의 지독한 은행 냄새로 가을의 출현을 감각하고, 이불을 꽁꽁 싸매게 하는 아침의 찬 기운에 겨울의 시작을 느끼는 것이었다. 이처럼 나도 문득 누군가의 하루가 궁금해질 때 새로운 것을 감각하고, 나를 둘러싼 이야기의 추억에 새로운 시작을 느끼게 되는 것이다.
그러니 미덥지 않게 이 이야기의 끝을 노력할 필요는 없다.
그저 흐르는 대로 나의 하루들을 보내면 되는 일이다. 그러다 보면 또다시, 문득 보고 싶어지는 누군가 나타날 테니.

많이 어렸고, 많이 자랐다. 많이 몰랐고, 많이 느꼈다. 이제 나는, 타인에 대한 불신을 떨치고, 사랑하고자 하는 이의 약함마저 품겠다는 유의 사랑을 다짐한다. 누군가와의 이야기가, 당신의 약함마저 나에겐 거리낄 것이 없었기에 가능했다면, 이제 나의 이야기는 그 거리낌마저 품을 다짐으로 시작되길 바란다.
이제야 비로소, 사랑은 감정만으로는 아무것도 할 수 없는 것임을 알았으므로.

다름마저 품어 낼 노력이 필요한 것임을 알았던 것으로, 이 이야기를 덮는다. 봄은 오래전이고 여름은 가고 가을이 왔다. 그리고 그 틈을 비집고 겨울이 오고 있다. 나의 겨울이 그리 길지 않기를 바란다. 몇 달을 주기로 계절이 바뀌듯, 나에게도 새 계절이 머지않아 오기를 바란다.
나와 함께 이야기를 나누었던 무언가와 인사를 해야겠다.
안녕, 나는…

아픔의 위로

세상이 가끔 무섭다고 느껴질 때가 있다.

무언가를 잃은 사람들은 늘 있다.
잃은 것은 아픈 것으로, 아픈 것은 공허함이 된다.

결국 그 공허함은 그들을 깊게 잠식해 버린다.
상실감의 피해자가 결국 또 다른 상실감의 가해자가 된다.

그 많은 상처들의 책임이야 이렇게 밝혀지겠지만
따스하게 보듬어 안아 줄 수 있는 사람은 누구일까.

악몽

오늘은 아주 좋은 꿈을 꿨어. 내가 바라는 모든 것이 있었지.
나는 신처럼 전능하고 아이처럼 행복했어.
꿈이라면 제발 깨지 않기를 나에게 기도한 것 같아.
그런데 눈을 떠 보니 모든 것은 금방이라도 끊어질 듯한
얇은 기억의 선에 아슬하게 매달려 사라져 가고 있었어.
아쉬움에 몸부림쳤고, 제발 다시 한번 그런 꿈을 꾸게 해 달라고
바라고 또 바랐어.
그런데 하루가 지나갈 때쯤 보니
생에 그만한 악몽은 없을 거라는 생각이 들어.

잘 자

행복한 사람, 우울한 사람, 그저 그런 사람이 모여 잔을 기울였다.
잔 안에는 각각 콜라와 맥주와 와인이 찰랑거렸다.
시시콜콜한 이야기를 한참 나누던 우리는
각각 돌아가 각자의 머리맡에 길었던 하루를 풀어놓고
같은 인사를 남겨 놓았다.
"잘 자."
그저 아무 꿈도 꾸지 않고, 눈을 뜨면 모든 무거움이
떨어져 나간 듯한 가벼움으로,
그런 상쾌함으로 하루를 시작하게 되길.
그 하루의 끝에서는 잔을 기울이며 달리
이야기를 남기지 않아도 편하게 잠들 수 있게 되기를.

기다림

그토록 기다렸던 내가
어제였던가, 오늘이던가.

비가 그치길,
푸르름을 바라고
영롱한 가을빛을 보던 내가
어제였던가, 오늘이던가.

벌써 손이 시리고
하얀 숨이 입가에 맴도는데
벌써 나는 잊어버렸나.
벌써 겨울인가?

쓸모없는

습기를 가득히 머금은 안개 낀 겨울의 공기가 폐 속으로 흠뻑
젖어 들어왔다. 조금 이른 시간인지 차들이 지나는 차분한 소리가
낯설게 느껴지고 마치 내가 여기 있어도 아무도 나를 보지 못할 것
같은 기분이 들었다. 천천히 발걸음을 옮길 때마다 발걸음 소리가
방해될 뿐이다.

'사각.'

그때, 예상치 못한 소리가 밟혔다. 내 손바닥만 한 빛바랜 낙엽 하나.
너도 지난날 눈부신 햇살 아래 초록 손바닥을 흔들며 행복한 시간을
보냈겠지. 내가 지냈던 날들처럼.
무심코 밟힌 낙엽에 떠오른 시간이 공기만큼 차갑게
마음속을 적셔 왔다.
그 시간도 빛바랜 낙엽처럼 쓸모없는 것이 되어 버렸지만,
다음 시간을 맞이하기 위해 비워 둬야 하는 나뭇가지의 어딘가처럼
결코 헛된 것은 아니었다는 것을 안다.

감각

삶의 많은 순간이 오감으로 기억된다.
즉, 기억은 시각, 후각, 촉각, 미각, 청각으로 기억된다.
우리는 어떤 기억을 말할 때 따뜻한 기억, 차가운 기억,
아름다운 기억, 씁쓸한 기억 등으로 표현한다.

지난날의 어떤 기억은 너무 차가웠다.
또 어떤 기억은 너무 달콤했다.
사랑이라는 게 달콤하고 씁쓸한 초콜릿 같지만은 않았다.
때로 비열한 질투심으로 신맛이 되기도 했고, 정신을 번쩍 차리게 했던
매운맛이기도 했고, 얼굴을 잔뜩 찌푸리게 되는 떫은맛이기도 했다.
당신의 체온도 어떨 땐 온몸이 녹진녹진 녹아 버릴 따뜻함으로
남기도 하고, 뇌까지 태워 버릴 듯한 뜨거움이 되기도 하고,
아무리 해도 채워지지 않는 서늘함으로 남기도 했다.

분명한 것은 사랑이 기폭제가 되어 나의 모든 감각이
날카롭게 날이 벼려졌다는 것이다.

새 계절

여름에는 겨울을 그리워하고 겨울에는 여름을 그리워한다면,
그럼 내게 계절이란 도대체 무슨 의미일까.
새 계절이란 올 수 있는 것일까.
새 계절이 온들 무슨 소용이 있을까.

내게 필요한 것은 새 계절이 아니라 새 관점인지도 모른다.

여름에는 여름을 즐기고
겨울에는 겨울을 사랑하는 법을 배우는 것.
지금 있는 것에 만족하고 그것을 돌보기도 하고
내가 가진 것을 파악하고 그것에 의미를 부여하는 것.
힘을 쏟아 내고 관계를 맺는 것. 애정을 주고, 사랑하는 것.
늘 못 가진 것을 탓하고 갈망하는 것이 아닌,
주변을 돌아보고
내게 내민 손들을 다시 한번 붙잡는 것.

내게 필요한 것은 봄도 가을도 아니다. 여름도 겨울도 아니다.
눈앞에 놓인 새 계절을 인식시켜 줄, 이미 있는

그 무엇들이다. 그 누군가다.

참 벅찬 단어다. 새 계절. 계절이 변하지 않아도 이미 새로운
계절이 오고 있는 듯한 느낌이다. 여름의 더위와 겨울의 추위조차
여름의 찬란함과 겨울의 포근함으로 바꾸어 줄 것 같은 단어다.

회색 마음

이 싱숭생숭함이 나는 좀 그래.
좋은 것도 싫은 것도 아닌데 그냥 애매하고 허구한 감정 그 자체야.
마음이 약간 뜨는 것 같기도 하면서 또 금세 침전해 버려.

차라리 이랬으면 어땠을까, 말도 안 되는 가정만
수십 또는 수백 가지를 늘어놓다가,
결국 제풀에 지쳐서 포기해 버려.
들떴다가 또 한동안 토라졌다가, 한숨도 쉬었다가
무슨 말을 건넬까, 또 설레기도 하고.

물론 좋은 기분은 아니야. 그렇다고 나쁜 기분도 아니고.
전혀 좋지 않은데 나쁘지도 않고 싱숭생숭해.
그러다가 내 감정은 고갈되고 점점 일그러져.

맛

삶이 치사한 것은, 살다 보면 행복이란 감정이 순간순간
느껴진다는 것이다. 한때 여러 가지 욕망의 대상들이
한꺼번에 손에 들어오는 순간이 있다.
말 그대로 '순간'이라서 문제다.
아예 행복을 느껴 본 적이 없다면,
바라지 않기도 쉬울 텐데,
순간순간 맛본 그 달콤한 감정의 기억에서 우리는 벗어나지 못한다.
그 순간을 영원으로 연장할 수 있을 거라 착각하고 소망한다.
우리의 수많은 욕망을 결코 손에서 놓지 못한다.

멈춘 시계

사랑은 요란한 소리를 내며 흘러가는 시계 초침에 떠밀려
천천히 부상하고 나는 단지 시계가 멈추지 않길 바라며,
속절없이 바라볼 뿐이다.
내 사랑의 유통기한이 진득하게 길 듯,
시계도 딱 그만큼 가 주면 좋겠다.
물론 시간이 멈춘 시계라도
나는 영원히 소중하게 간직할 테니까.

자아를 넓히는 법

심약한 자아에 망각보다 훌륭한 치료제는 없다.
잠들지 못하게 하는 크고 작은 기억의 굴레 속에서 벗어날
방법을 알지 못하는 나는 힘없는 의지로 차라리
모든 걸 잊었다고 여기기로 한다.

맵게 맺음새 지어야 할 문제 앞에서도 나는 빙글빙글 기억 속
소중함을 찾았고 웃었던 시간을 아쉬워했다.

외면하고 잊기로 한다.
행복만큼 불행 또한 많았음을 잊지 않기로 한다.
절대로 돌아가지 않겠다는 각오를 다져야 한다.
바들거리며 품는 미련보다 용기를 내어
나선 마음에 더 넓고
큰 안식처가 있음을 깨우쳐야 한다.

자신 없다면 차라리 모든 걸 망각하기를.
구태여 후벼 파는 짓 따위 하지 않게.
하나부터 끝까지 다 잊어버리기를.

때로는 응시보다 외면이 도움 될 수 있음을.

그렇게 해서라도

견문 좁은 나도 조금씩 비상하기를.

현명한 그곳에서 조금 더 강한 마음으로 살아 내기를.

내가 살아 내고 싶은 인생을 향해 용기 내기를.

조금 더 넓은 자아를 향해 나아가기를.

혓바늘

할 말은 하고 살자던 각오가 무색하게
감히 입 밖으로 내지 못한 모든 말들이
어느덧 입안에 머물러 혓바늘로 돋아났다.

뒤늦게야 후회하며 입을 열어 보려 했지만,
이제는 혓바늘이 내 소리를 막아서고 말았다.
미안하다는 무언의 사과와 함께 입만 뻐끔대면서.

지혜

아름다운 밤에는 별들을 세야지.
죽어 있는 것이 저토록 밝게 빛나는데
살아 있는 내가 어둡게 가라앉는다면
숨 쉬는 자들에게 미안해야 할 일이지.
나는 오늘도 내 삶의 하루를 떼어 내
하루의 지혜와 맞바꿨어.
밤이 되면 다시 내일을 손에 쥐고
반짝이는 별들을 셀 거야.

결국

삶의 윤활제였던 망상이 현실의 작은 걸림돌에 조금씩 벗겨질 때쯤 느지막한 졸업을 앞두고 있었다. 그래도 아직은 젊다고 생각했기에 깊은 생각 없이 때늦은 방황을 몇 년 하고 돌아왔다.

그 몇 년의 방황 덕에 다시 돌아올 때쯤엔 속에 남은 거라곤 현실을 날카롭게 바라볼 수 있는 약간의 허무와 기대했던 것에 미치지 못해도 스스로 만족해 버리는 몇 가지 경험이 전부였다.

초라했다. 갖지 못해서가 아닌 누렸음에 깨닫지 못했던 것,

정확히 말해 스스로 삶에 대해 치열한 고민 없이 무작정 답을 찾아 헤매었던 것, 정확한 질문이 없이 찾아 헤맸기에 결국 다시 디뎌야 할 현실의 날카로움에 적응하려 안간힘 쓸 뿐이었다.

그러다 몇 사람의 조언이 관통하는 말이 있었다. 과연 나는 누구인 가. 인간 본질에 대한, 타인과의 비교로 알 수 없는 자아에 관한 질문.

그 시작은 사랑이었다. 자기애가 아닌, 있는 스스로 그대로 받아들

이는 것. 그것이 현실의 비참함에서 나를 끌어올려 줄 동력이 된다
는 것. 그리고 그것이 스스로 무지를 용서하고 사랑하며, 긴 우울을
벗어 새로운 시작으로 나아가는 것이라는 걸

조금씩 알게 되었다.

모르는 척

그런 순간들이 있을 것이다. 상대방의 진심이 느껴지지만, 알면서 모르는 척, 고개를 돌리는 순간. 움직이려는 나의 감정을 마치 처음부터 없었던 것처럼 애써 무시해야 하는 그 순간. 그렇게 또 부정당한 순간들은 차곡차곡 쌓여, 어느 날 새벽에 물밀 듯이 내게 밀려온다.

후회로 얼룩진 밤은 사실 그동안 외면했던 것들에 대한 대가였고, 그래서 나는 또 가끔 불면의 밤을 맞이한다. 그러면 어떻게 해야 하는 걸까. 나는 그때 알고 있다고 이야기했어야 했나. 내 감정을 꺼내 억지로 보여 줬어야 했던 것일까.

생각은 꼬리에 꼬리를 물지만 이미 지나간 과거에는 어떤 결론을 내더라도 이미 지나간 과거였다.

마음

가을이 한참 지나고
겨울이 왔는데 홀로 어색하다.
떠날 시기를 한참 놓쳐 까치도 거들떠보지 않는다.
가지에 맺힌 모두가 떠나고 이젠 나만 남았다.
세월의 흐름 그에 맞춰 천천히 무르익어 가다가
추운 겨울에 위태롭게 홀로 매달려 있을 때
네가 잠깐 내 마음에 머물렀다고
움푹 패 제 모습을 못 찾는다.
마음이 홍시인가 보다.

낙서

조금 오래된 술집에는 하나같이 빼곡한 낙서들이 벽면에 적혀 있다.
평소에는 별 관심도 없지만, 취기가 오르고 우울해질 때면 어김없이
내 시선은 그 낙서들로 향한다.

짙은 술 냄새가 나는 낙서 중에 나는 유독, 관계에 대한 맹세를 한 주
인공들의 근황이 궁금하곤 했다. 마치, 남산에 걸려 있는 수많은 사
랑의 자물쇠 같았다. 1년 정도마다 통째로 교체해 버려 새로운 벽에
는 더는 옛사랑이 걸려 있지 않았듯이, 낙서의 주인공들도 남보다
못한 사이가 되어 버려 있을 것만 같았다.

하지만 이 비뚤어진 생각은 길게 이어질 수도 없이, 맞은편의 누군
가가 건넨 술 한 잔에 전부 잊히곤 했다.

용서

항상 미안함은 빨리 알려야 하더라고.
사람이 무엇이든 점점 잊어버리다 보니까
뒤늦게 표현한 미안함은 미안함이 아니더라고.
분명히 같은 말을 할 거지만 늦어 버린 시간만큼
어떻게 말하면 될지 머릿속으로 순서를 매기고 있는
내가 그렇게나 치밀해 보이고 미워 보이더라고.
용서받는 것을 준비하는 것 같았거든.
진심만을 손에 꼭 쥔 채 나서는 게 아니라는 걸
상대방도 분명히 눈치채고 말 거라고 생각했거든.

질투

혼하지 않은 찬사나 칭찬을 남들보다 배는 더 떠들고 다닌다는 게 사교와 거리가 먼 내 주변에 아직 사람들이 남아 있는 이유였다. 하지만 우습게도 내가 남에 대해 가지는 감정은 부러움과 시기, 질투가 대부분이다. 머릿속이 내가 가지지 못하는 것에 대한 질투로 가득 차, 입만 열면 당신의 부러운 점에 대해 줄줄이 늘여 놓고, 정말 하고 싶은 뒷말은 목구멍 속으로 삼켜 내고 나니 어느새 칭찬에 헤픈 사람이 된 것이다.

꿀꺽 삼켜 낸 말은 밑으로 꺼지지 않고 위로 올라와 다시 머릿속을 어지럽힌다. 가지고 싶었다. 당신의 인생, 당신이 사랑했을, 사랑해서 얻었을 모든 것들, 부러워 미칠 것 같았다.

내게도 전부 존재하는 것이지만 어느 하나 내가 가진 것에 만족하지 않았기 때문에.

좋은 습관

좋은 습관을 내 것으로 하고 싶었다.
바른 자세로 앉기,
집에 돌아오면 바로 씻기,
틈나는 대로 청소하기,
사용한 물건 제자리에 두기 같은 것들 말이다.

약 한 달 정도는 꾸준히 반복해야
새로운 패턴이 나의 것이 될 수 있다고 했던가.
한 달 자체의 시간은 물 흐르듯 빠르게 흘러가는데,
사실 아직 내게 제대로 정착된 좋은 습관은 없었다.
오히려, 갖고 있었던 좋은 습관이 힘듦을 이유로 사라질 모양이다.

모순

일생을 살며 의심 없이 받아먹은 나이에는
어른이 되어 가며 물려받은 케케묵은 불필요한 아집과
되돌릴 수 없는 실수가 가득하다.
함께 회복하기엔 너무나 깊이 병들었고
대신 모든 짐을 짊어지기엔 스스로 어둠이 깊어
감당하기에도 벅차다.
그 죄에 또 보태고 마는 죄의 부스러기들,
용서받고 난 다음 다시 새롭게 태어나는 상처들.
힘든 삶 속에 어떤 축복을 물려받을까.
다시 시작된 반목에서의 갈등은 잠재울 수 있을까.
드러난 불편한 진실들,
그 누구의 품도 필요하지 않다고 느껴지는 순간.
내가 받은 것은 사랑이 아니고
고통과 외로움 속의 눈물뿐이다.

방황

이제 더 이상 내가 호흡이 긴 글을 쓸 수 없다는 사실을 깨달은 이후부터, 언제 끝날지 모르는 나의 방황이 시작된 것이다. 연극이 끝나고 막이 내렸음에도 무대 위에 우두커니 서 있는 배우처럼 말이다. 마지막 배역의 마지막 연극이 끝났지만 나는 아직 내려가고 싶지 않았다. 불행 중 다행히도, 이 무대는 그 누구의 것도 아니기에 나는 내가 원할 때까지 이 위를 서성거릴 수는 있었다. 하지만 언제까지 아무것도 하지 않고 버틸 수 있을까. 앞으로의 우울과 고독함이 까마득히 느껴졌음에도 나는 당장 상실감에 허탈감을 느꼈고, 그래서 본격적인 싸움은 뒤로 미뤄졌다.

사계절

식지 않는 마음.
이걸 어떻게 설명해야 할지 몰라서
이번 겨울은 무척 추울 것이라며 식지 않는 게 좋겠다고 말을 했다.
누군가 한 방울만 네게 떨어져도 녹아내려 스며들 수 있을 정도로
행복하다면서 불행하다는 말이 참 무엇을 바랄수록 틈새가 생겨나고
빈구석에 식지 못하는 마음이 보내지 못할 사람을 보내야만 했고
미워지는 밤을 껴안고 지내야 했다.

누구는 봄을 닮고 누군 가을을 닮아
나는 그중 어느 계절도 닮지 못해서
사계절 중 어느 계절이 몰려와도
녹아내려 스며들 수 있을 정도로
뜨거워지자고 식지 못하는 마음이
왈칵 쏟아져 병처럼 내게 번진다.

마침표

인연의 끝이 있다는 생각을 해 봤다.
죽음으로 인연이 끝나는 것인가?
아니면 잊히는 것으로 그 끝이 나는 걸까.
그렇게 생각의 매듭을 풀어 가다 다다른 생각은
결국 그 끝은 내가 정하는 것이 아니라는 생각에 멈추었다.

몇십 년간 똑같은 번호를 갖고 있어도
연락 한 번 주고받지 않는 것.
그러나 뜬금없는 생일 문자 하나에
지난 세월이 무색하게 농담을 주고받을 수 있다는 것.

그럼 인연의 끝은 항상 내가 끝내는 것이 아닌
상대의 의사에 달린 게 아닐까.
결국 인연의 끝맺음이란
마침표를 누가 찍느냐에 달렸다는 걸
또 한 번 곱씹게 되었다.

하루

휴일의 달콤함을 오롯이 혼자 있을 때 느끼기란
웬만한 우연이 겹치지 않고서야 힘든 삶이다.

나를 위한 휴식을 잠시 갖는 것.
좋아하는 것들 속에 파묻혀 스스로에 대한 상념을 가득 채운 채
스스로 선택한 고독 안에서 쉬는 것.
바쁜 일상을 쫓기듯 살다 어느새 나이가 들었음을 아는 것.
그러다 삶의 작은 틈으로 공허가 찾아올 때
그 공허의 틈을 메워 주는 것이 삶의 또 다른 틈인 게 아닐까?

어디로 흐르는지 어딜 향해 가는지 하루의 삶을 어떻게
쓸 것인지를 정하고 살아가다 보면
걸어왔던 길이 곧 자신이 되는 것임을.
하루하루가 내 기록이 되는 것임을.

출발

여태껏 너무 많은 출발을 했더니
너무 많은 설렘을 안았더니
조금 지치기도, 버겁기도 할 때가 있다.

그럼에도
또다시 출발하는 설렘을 안고
새로운 시작을 맞이할 준비를 한다.

돌아오는 내일 속엔
어제와는 다른 무언가가
기다리고 있을 테니까.

단상

일상의 탈출은 어쩌면 삶의 자리를
조금 움직이면 가능할지 모른다.
친한 친구를 만나 온갖 수다를 떨고
두서없이 생각나는 주제들로 이야기하다 보면
어느새 생각을 부여잡고 있던 잡념들이 휘발되어 버린다.

그렇게 서로의 시간에 조금씩 기대다 보면
어느새 또 일 년이 지나가 있다.
고민하는 만큼 성장하면 좋을 텐데.
발버둥 치는 딱 그만큼 성장한다.

오늘의 발버둥이 내일의 무지를
깨달을 수 있었으면 좋겠다.

내일

사실 아무 생각 없어. 내가 좋으면 좋은 거고
그런 생각으로 살고 있어.

깊은 생각이야 많이 하지.
하루가 끝나도 끝나지 않을 우주만큼 방대한 것에 대해.
그러면 뭐해. 들어줄 사람은 없어. 그저 고단한 철학자 시늉이지.
내일은 뭐 할까 고민이나 하는.

내일이라 하니까 생각나는 건데 시간이 너무 빨리 가는 것 같아.
누가 내 손을 잡고 느리게 가면 좋겠어.
만약 나 같은 사람이 있다면 그 손을 꼭 잡고
내일을 맞이할 텐데. 항상 내일이 기다려지도록.

중요한 순간

어리바리했던 날들, 이젠 그 시간이 말해 주듯
나는 능숙해져 있다.

처음에는 다 힘든 거라고 믿었고,
중간쯤에는 이런 것이라고 생각하고
나 자신을 조금 믿고 있지 않았나 싶다.

멋대로 굴어 보고 싶어도 여기는 사회라는 곳이라
작은 내가 하기에는 늘 역부족.
그래도 오늘날, 지난날 생각하며 움직인다.
과거는 참고일 뿐이고,
미래는 열심히 일한 대가를 치르고,
지금이 가장 중요한 순간이라고.

실패

나는 너의 노력과 그 속에서의 애씀과 흘렸을 눈물을 안다.
그러니 지금 네 상태가 어떻게 됐든 성장했을 테고
그렇지 않다고 느꼈다 하더라도 가치 있는 일이었다는 것이기를.
할 수 있는 만큼만 하자.
남과 비교하지 말고 딱 할 수 있는 만큼만.
힘을 굳이 쏟아 내지 않아도 단지 조금이라도 좋으니.
나는 다른 이처럼 "걱정하지 마. 다 잘 될 거야."란 말은 못 하겠다.
다만 한 가지 할 수 있는 건
지금까지 네가 느꼈을 실패에 따른 절망과
좌절감은 그 어느 사람보다 두려웠으며
다 내려놓고 싶을지도 몰랐다는 것에 같이 슬퍼할 테니,
그러니 우리 너무 기운 빼지 말자. 시간이 오래 걸려
느려도 좋으니까.

아쉬움

아쉬움은 남아도 후회는 없었으면 좋겠다.

분명 그때는 그 선택이 제일이었을 테니.

후에 뒤돌아보더라도 그때의 내 생각에 대해

존중하는 마음을 가졌으면 좋겠다.

항상 최선을 다해 노력하였을 테니.

바라는 것

꽃은 항상 시든다.

누군가는 항상 죽음을 맞이하고,
뜨겁게 사랑했던 사람을 떠나보내고,
홀로 남은 고요한 공간을 정리해야 한다.

다만, 남은 우리가 그 공간을 바라보며
벅차오르는 뜨거운 슬픔 대신에
소중한 추억이 하나하나 떠올랐으면 좋겠다.
손에 닿는 게 차가움 대신 애틋함이었으면 좋겠다.

하늘을 보며 눈물짓지 않고
모두에게 보내는 닿지 않는 내 선물이
한탄이 아닌 행복을 바라는 바람이길 바란다.

글

글을 써서 무얼 얻으려는 것보단
아직은 이루어지지 않은 소망이나
삶의 기록 같은 느낌으로 적어 본다.
그러다 가끔 동감을 받거나 쓰고 마음이 평안하면 그만이다.
쥐고 있지 않으려는 것 얽매이지 않으려는 것.
그런 것이 하나씩 늘어날 때 비로소
자유로워지고 다양해진다.

글을 쓰는 것으로 삶을 연명하지 않아 다행이라는
생각을 할 때가 있다.
글로 인해 삶이 위태로워지지 않을 수 있고
생각의 흐름대로 써도 생각 따라 흘러가서

그렇게 나의 시간, 삶을 써 내는 것.
그것이면 참 다행이지 싶다.

혼자

눈 감고 한참 동안 있으니까 머리가 조금 맑아진다.
분명히 자지는 않았는데, 깨어 있었던 것 같지도 않다.
눈 속으로는 눈꺼풀 사이로 들어오는
햇빛의 촉감 외에는 아무런 자극도 들어오지 않았고,
귀로는 이어폰에서 나오는 노랫소리 외에는
어떤 세상의 소음도 들어오지 않았다.

오랜만에 오롯하게 혼자 있는 느낌이 들었다.
고독한 혼자 말고, 평온하고 차분하며 충분한 혼자.
진실로 혼자가 되면, 그 순간에는 외롭지 않은 것 같다.
외로움은 타인에게 눈길을 주느라고 나를 방치하고
있었기 때문에 생겼던 감정인 걸까.
다시 눈을 감았다.

걸음

어쩌면 우리는 단지 출발점이 다른 것뿐일 수도 있다.
원 가장자리의 각각 다른 지점에 발을 딛고 서는 거기서부터
시작하여 삶을 걸어 나가는 것이다.
하여, 우리는 모두 다르지만, 아직은 서로가 멀지만,
가까이 다가서기가 힘들지만 딛고 있는 땅에서 걸음을 떼기가
두렵고 어렵지만, 아직 눈이 어두워서 다른 사람들이 어디에
서 있는지도 모르겠고, 내가 걸어온 길과
걷고 있는 길밖에는 안 보이지만,
힘겹게 힘겹게 원의 중앙을 향해 걸어 나가면서
우리도 모르게 가까워지고 있는 것일 수도 있다.
서로 다른 길을 걷고 있으므로 만나는 장애물의 모습도
넘어서야 하는 언덕의 가파름도 저마다 조금씩 다르겠지만,
그래서 외로울 때가 생기고 지칠 때가 생기고
그래서 잠시 원 바깥으로 물러서고 싶을 때도 생기겠지만,
그래도 한 걸음 한 걸음 떼다 보면
언젠가 우리는 예상치 못한 순간을 만나게 될지도 모른다.